옛이야기 세상 이야기

옛이야기 세상 이야기

서정오 지음

열린어린이

옛이야기에서 오늘 우리 모습 발견하기

"옛날 옛적에⋯⋯"로 시작되는 이야기는 말 그대로 '옛날' 이야기이다. 우리는 옛이야기를 들으며 '옛날에는 그런 일이 있었나 보네.'라고 생각한다. 하지만 가끔은 이야기 속에서 오늘을 살아가는 우리 모습을 발견하기도 한다. 그래서 깜짝 놀란다. "듣고 보니 바로 우리 이야기로군 그래." 이것은 신선하고도 소중한 경험이다.

옛사람들은 종종 하고 싶은 말들을 이야기 속에 숨겨 놓았다. 대놓고 하기 어려운 말, 오랜 세월 동안 가슴에 맺힌 말, 곰곰이 삭여 보아야 알 만한 말일수록 그랬다. 그러한 말이 세월을 건너뛰어 오늘 우리에게 전해지는 것은 놀랍고도 가슴 뛰는 일이다. 옛이야기가 강물처럼 흘러 전해지지 않았던들 이것이 가능했을까.

이 책에는 그러한 옛이야기를 말머리 삼아 요새 세상 이야기를 풀어 놓았다. 말하자면 옛이야기 하나를 내놓고 그것을 맛보면서 여러 가지 생각도 해 보고, 오늘날 우리 사는 세상 모습도 돌아본 것이다. 격식을 차리지 않고, 저잣거리에서 오가는 사람 붙들고 언죽번죽 늘어놓는 객소리처럼 수수하고 편안한 이야기들이다. 그래서 세상에 내놓기가 좀 쑥스럽지만, 글이란 게 반드시 틀에 맞아야만 좋은 건 아니라고 여겨 용기를 내 본다.

이야기가 스물일곱 가지나 되어서 한자리에 늘어놓으니 꽤 어수선해 보이기에, 이것을 비슷한 성격끼리 크게 세 덩어리로 나누었다. 첫째 마당에서는 이야기 속에 들어 있는 옛사람들의 생각을 살펴보았다. 그 생각들은 상상력의 풀무질로 다듬어져 이야기 속에 담긴 것이다. 둘째 마당에서는 옛이야기를 빌려 오늘날 현실을 살펴보았다. 그 현실이란 말하자면 옛이야기의 불빛으로 비춰 본 오늘의 모습이다. 셋째 마당에서는 옛이야기를 이모저모 살피고 따져 보았다. 그 속에는 요새 세상 모습을 살피고 따져 보는 대목도 물론 들어 있다.

이 책에 실린 글은 2007년부터 2008년까지 두 해 동안 월간 『열린어린이』에 연재한 것이 대부분이다. 거기에다 2009년 한 해 동안 계간 『어린이와 함께 여는 국어교육』에 연재한 것을 보태어 모양을 갖추었다. 옛이야기와 요즘 세상 이야기를 함께 적다 보니 글이 들쑥날쑥하기도 하고, 내 생각을 내보이려는 의욕이 앞선 탓에 성글고 거친 곳 또

한 적지 않다. 그런 형편이니 독자들 모두가 공감해 주기를 바라는 건 지나친 욕심이겠다. 그저 이 시답잖은 글도 세상 걱정하는 한 필부의 꾸밈없는 얘기로 여겨 준다면, 그리하여 몇몇 대목에서라도 고개를 끄덕여 준다면 그보다 고마운 일은 없으리라.

이 책이 나오기까지 은혜를 입은 분들이 수도 없이 많다. 옛이야기를 되살려 오늘에 전하고자 애쓰는 많은 동지들, 필요할 때 선뜻 귀한 정보와 가르침을 주신 분들, 그리고 무엇보다도 소중한 옛이야기를 구연해 준 이야기꾼들과 그 이야기를 소중히 거두어 갈무리한 이들에게 머리 숙여 감사한다. 그리고 이 보잘것없는 글을 위해 두 해 동안이나 귀한 지면을 내주고, 이제 단행본으로 묶어 주기까지 한 『열린어린이』에도 고마움을 전한다. 아무쪼록 이 책이 옛날과 오늘날을 잇는 징검다리로서, 옛사람의 말을 오늘에 전하는 파발꾼으로서 작은 구실이라도 할 수 있기를 감히 바란다.

2010년 6월, 서정오

차례

책머리에 옛이야기에서 오늘 우리 모습 발견하기   5

첫째 마당   행복한 상상 속으로

옹기장수 송사 풀기   가진 이의 너그러움, 얼어붙은 세상을 녹인다   12

장모 된 며느리와 사위 된 시아버지   옛이야기, 관습을 비웃고 사람 편에 서다   19

송아지 장수 원님   온정주의의 두 얼굴   26

양반 업은 값   풍자와 해학, 얼어붙은 마음을 녹이는 것불   33

힘자랑하러 나선 장사   강자의 오만 또는 겸손   40

진도깨비와 언 시래기   귀한 것과 하찮은 것   47

호랑이 눈썹 덕에 장가간 총각   나는 어떤 짐승에 가까울까?   54

세상에서 가장 예쁜 것   어머니, 아무리 불러도 싫증 나지 않는 이름   61

새끼 서 발   꿈꾸기, 또는 오르지 못할 나무 쳐다보기   67

둘째 마당   세상살이 엿보기

고리장이가 무슨 염불?   저승길도 같이 가라는데   78

시아버지가 만든 효부   윽박지르기와 이끌어 주기   84

삼백 냥의 속임수   권력은 어떻게 백성들을 속이는가?   91

문자 쓰는 사위   소통하는 말, 억압하는 말   97

도사와 한량 돈, 권력 또는 명예의 속성 104

떡나무와 꿀강아지 속이는 세상, 속는 사람 111

돈귀신 이야기 옛이야기, 배금주의를 경계하다 118

범 재판, 매 재판 아이들에게 물어볼 수 있다면 125

굴속에 들어간 아기장수 백성들은 왜 영웅을 기다리는가? 131

셋째 마당 이야기와 이야기

동자삼 이야기 눈높이와 선 자리 140

누이방죽 이야기 편견과 차별에 맞서는 길 147

피죽 십 년에 부자 되기 옛이야기, 희망을 말한다 153

처녀귀신과 밴댕이선비 귀신 이야기와 현실, 또는 귀신을 보는 눈 159

이여송과 초립둥이 외세의 본질을 꿰뚫는 백성들의 눈 166

손님 막는 비방 여성에게 지운 짐, 아직도 무겁다 173

시골 도둑과 서울 도둑 염치를 잃어버린 세상 179

임자 없는 금덩이 권선징악이 웃음거리라고? 186

상자 속의 눈 무서운 이야기, 무서운 세상 196

첫째 마당

행복한 상상 속으로

옹기장수 송사 풀기

장모 된 며느리와 사위 된 시아버지

송아지 장수 원님

양반 업은 값

힘자랑하러 나선 장사

진도깨비와 언 시래기

호랑이 눈썹 덕에 장가간 총각

세상에서 가장 예쁜 것

새끼 서 발

옹기장수 송사 풀기

옛날 옛적 어느 곳에 참 밑구멍이 찢어지게 가난한 농사꾼이 하나 살았것다. 예나 지금이나 가난은 물귀신 같아서 한번 붙었다 하면 도무지 떨어질 줄을 몰랐거든. 거 참 애물단지 아닌가. 이 농사꾼도 가난 좀 면해 보자고 허구한 날 허리가 휘도록 일을 해도 늘 그 모양 그 꼴, 먹기를 부자 굶듯 굶기를 부자 먹듯 하고 살았네그려.

땅 파먹고 사는 사람이 언감생심 다른 일을 꿈이나 꾸랴마는, 하도 살기 어려우니 이 궁리 저 궁리에 있는 궁리 없는 궁리 별별 궁리가 다 나온다. 궁리 중에 듣자 하니 등짐장사가 할 만하다는데, 그 중에도 사기장사가 사 급 남고 옹기장사가 오 급 남는다지 않나. 그것 참 듣던 중 귀가 솔깃한 말인지라 에라, 굶어 죽기 전에 장사나 한번 해 보자고 없는 살림 달달 긁어 옹기 한 짐 장만했것다.

항아리 단지 자배기 물독을 갖추갖추 떼어다가 한 짐 꾸려 놓고 보니 이게 내 목숨 살릴 물건이라. 집 팔고 세간 팔아 마련한 장사 밑천이니 오죽이나 귀할까. 이리 보고 저리 보고 만져 보고 쓰다듬고

애지중지하는데, 불면 날아갈세라 쥐면 꺼질세라 칠십 노인이 구대
독자 보듯 하네.

느디어 그놈의 것을 싫어지고 팔러 나섰것다. 이왕지사 장사 길로
들어선 바에 이문이나 좋이 남겨 보자고 값 좋은 곳을 찾아 돌아다
니다 보니 하루 이틀을 공치고 사흘째가 되었는데, 마침 다다른 곳이
남해 바닷가 어느 부촌이라. 마을 어귀 고갯마루에 옹기 짐을 내려놓
고 잠깐 다리쉼을 하는 차에, 아뿔싸 갑자기 바다 쪽에서 회오리바
람이 불어오더니 기어이 지게를 쓰러뜨려 버리는구나.

아니 되는 놈은 뒤로 자빠져도 코가 깨진다더니, 하필이면 다른
곳 다 놔두고 사방 터진 고갯마루에서 쉴 일은 무엇이며, 그때 회오
리바람이 불 것은 또 무엇인고. 무슨 놈의 바람은 그리도 모질어서,
그 많던 옹기가 팍삭 깨져 사금파리가 되고 성한 것이 하나 없네.

피 같은 옹기를 다 잃고 나니 기가 탁 막히고 억장이 푹 내려앉아
하늘만 쳐다보고 한숨만 내쉬다가, 이 사람이 겨우 정신을 수습하고
그 고을 관가를 찾아갔것다. 사람이 한 일도 아니고 바람이 한 일을
두고 관가에 송사를 내어 무엇하랴마는, 하도 억울하니 하소연이나
한번 해 보려고 동헌에 들어가 사또를 찾았네그려. 풍문에 듣기로 이
고을 원님이 어질고 슬기롭다더니, 과연 보기에도 눈빛 밝은 관장이
나와 사연을 묻는다.

"사또, 제 말 좀 들어 보십시오. 소인 본디 변변찮은 농사꾼이었으
나, 하도 먹고살기 어려워 옹기장사나 해 보자고 짐을 지고 나섰더
니, 이 고을 어귀에서 난데없는 회오리바람을 만나 피 같은 옹기를
다 잃었습니다. 하도 억울하고 속상해서 사또께 하소연이나 해 보려
고 왔으니 굽어 살펴 주십시오."

원님이 듣더니 한참을 궁리한다. 듣고 보니 사정은 딱하다마는 바

람에 절로 넘어간 옹기 짐을 두고 무슨 송사를 벌일 것이냐. "예끼 이놈, 그따위 일로 소란을 피우다니 실없는 놈이로다. 당장 치도곤을 안기기 전에 썩 물러가거라." 호통 한마디면 끝날 것이다마는, 그래도 무슨 수가 없을까 궁리하다 보니 좋은 수가 하나 떠오르거든. 당장 고을 사정에 밝은 이방을 불러 넌지시 물어본다.

"여보게, 이방. 오늘 아침에 장사하러 나간 배가 있나?"

"예. 김 부자네 배가 동쪽으로 나갔고, 이 부자네 배가 서쪽으로 나갔습지요."

"그러면 그렇지. 자네는 어서 그 두 사람을 불러오게나."

이방이 당장 통인을 시켜 두 부자를 불러다 동헌 뜰에 대령시켜 놓았네. 원님이 먼저 김 부자를 보고 은근히 묻기를,

"김 부자, 오늘 아침 그대의 배가 동쪽으로 나갔소?"

"예, 그렇습니다."

"그 배가 잘 가려면 어떤 바람이 불어야 하오?"

"그야 서풍이 불어야지요."

"그렇군. 그럼 그대는 오늘 서풍이 불라고 빌었겠소그려?"

"그럼요, 아주 간절히 빌었습지요."

이렇게 수작을 한 다음, 이번에는 곁에 선 이 부자를 보고 묻기를,

"이 부자, 오늘 아침 그대의 배가 서쪽으로 나갔소?"

"예, 그렇습니다."

"그 배가 잘 가려면 어떤 바람이 불어야 하오?"

"그야 동풍이 불어야지요."

"그렇군. 그럼 그대는 오늘 동풍이 불라고 빌었겠소그려?"

"그럼요, 아주 간절히 빌었습지요."

두 부자의 대답을 다 듣고 나서 원님이 무릎을 탁 치는구나.

첫째 마당 행복한 상상 속으로

"어허, 이제야 알겠군. 저 옹기장수 짐이 왜 쓰러졌나 했더니 이녁들 때문일세."

"아니, 그게 무슨 말씀이십니까?"

"들어 보오. 저 사람이 오늘 옹기 짐을 지고 우리 고을을 지나다가 회오리바람이 부는 바람에 피 같은 옹기를 다 잃었소. 이게 이녁들 탓이 아니면 누구 탓이란 말이오?"

"송구하오나 그게 어째서 우리 탓인지 모르겠습니다."

"허허, 이런 답답한 사람들을 봤나. 아, 한 사람은 서풍이 불라고 빌고 또 한 사람은 동풍이 불라고 비니까, 바람이 갈피를 못 잡아 회오리바람이 된 게지. 그 회오리바람이 저 사람 옹기 짐을 쓰러뜨렸는데도 이녁들 탓이 아니란 말이오? 아직도 말귀를 못 알아듣겠소?"

그제야 두 부자가 원님 말뜻을 알아차렸지. 돈푼이나 가진 부자가 가난한 사람 좀 도와주라는 뜻을 모를 리 있나.

"아이고, 그렇군요. 듣고 보니 과연 저희 탓이 틀림없습니다. 당장 옹기 값을 물어 주겠습니다."

이렇게 해서 두 부자는 옹기장수한테 옹기 값을 넉넉히 물어 줬다네. 옹기장수는 그 돈으로 옹기를 장만해서 다시 장사 길을 떠났는데, 웬 장사가 그리 잘 되던지 대번에 돈을 많이 벌어서 가난을 면하고 잘살더라는 이야기.

가진 이의 너그러움, 얼어붙은 세상을 녹인다

참으로 훈훈한 이야기다. 듣기만 해도 기분이 좋아지는 이야기고, 몇 번을 되풀이해 들어도 지겹지 않은 이야기다. 나는 우리 옛이야기를 다 좋아하지만, 그중에서도 특별히 좋아하는 이야기를 들라면 이 이야기를 열 손가락 안에 꼽는다. 곧 그 까닭을 얘기하겠지만, 이야기를 듣고 흐뭇해하다 보면 나중에는 좀 씁쓸해지기도 한다.

우리 옛이야기 속에 나오는 부자나 벼슬아치들은 대개 인정머리 없는 욕심쟁이거나 사나운 심술쟁이인 경우가 많다. 겨룸틀(대결구조)을 가진 이야기라면 십중팔구 그렇다. 두말할 것도 없이, 그 욕심과 심술에 맞서는 주인공은 가난뱅이거나 힘없는 백성이거나 여성이거나 아이다. 요컨대 '착한 약자'인 주인공의 상대역으로 나올 때, 부자나 벼슬아치는 대개 '나쁜 강자'가 된다. 이 경우 강자의 어리석음과 부당함은 끝내 약자의 슬기나 정당함 앞에 무릎을 꿇는다.

하지만 이 이야기에 나오는 강자는 색다르다. 원님은 슬기롭고 부자들은 너그럽다. 이들은 가난한 옹기장수의 든든한 동지다. 주인공은 옹기장수지만, 가면 갈수록 이야기는 원님과 두 부자에게 더 많은 눈길을 준다. 이 두 '가진 이'들은 결코 욕심 많거나 사납거나 잘난 체하거나 비열하지 않다. 오히려 대단히 점잖고 우아하다. 너무 추키는 것 같을지 모르지만, 이들은 그만한 칭찬을 받을 만하다. 왜냐고? 이처럼 멋진 '가진 이'들이 너무나 드물기 때문이다. 옛이야기에서도 드물지만 현실에서는 더욱더 드물고 드물다.

생각하면 생각할수록 이들이 꾸민 일은 멋있어 보인다. 곤경에 빠진 옹기장수를 도와주되, 그 자존심을 조금도 건드리지 않고 아주 세련된 방식으로 도와주었으니 말이다. 불우이웃 돕기 차원에서 그냥 도와줘도 좋으련만, 아니 오히려 생색을 내며 도와줄 수도 있으련만, 이들은 그렇게 하지 않았다. 원님은 짐짓 서풍이네 동풍이네 가탈을 만들어 두 부자에게 잘못이 있는 양 덤터기를 씌웠다. 부자들은 그 덤터기를 달게 받고 즐겁게 옹기 값을 물어 주었다. 모르긴 해도 이때 원님과 부자들은 은근슬쩍 눈짓을 주고받지 않았을까. 아니, 옹기장수인들 어찌 그런 공기를 몰랐겠는가. 자기를 도와주려고 꾸민 일인 줄 번히 알면서도, 짐짓 모른 체하고 당연한 듯 옹기 값을 받았을 것이다. 참으로 속 깊은 사람들이다.

아쉽지만 여기까지, 이제 우리는 옛이야기가 주는 즐거움과 헤어질 때가 됐다. 세상으로 눈길을 돌리는 순간, 안타까움과 씁쓸함을 만나게 되기 때문이다. 정말 그러고 싶지 않지만 어쩔 수 없이 나는 신문이나 텔레비전에서 본 몇 가지 장면을 떠올린다. '높은 사람' 들이 부자한테서 뇌물을 받아먹고 가난한 이들을 울리는 장면, 부자 동네 사람들이 자기네 아파트 옆에 서민용 임대아파트가 들어서는 걸 결사반대하는 장면, 몇몇 사람들이 한겨울에 값비싼 털가죽 옷을 입고 다니는 동안 어떤 사람들은 전기가 끊긴 단칸방에서 추위에 떠는 장면……
그리고, 우리는 다시 씁쓸해진다. 이런 옛이야기가 아무리 값지다 해도, 오늘 이 땅을 살고 있는 '가진 이' 들은 어차피 옛이야기 따위에 귀를 기울이지 않을 거라는 데 생각이 미치기 때문이다. 옛이야기를 좋아하면 가난하게 산다고 하지 않았던가. 그 말을 뒤집어 보면 가난한 이들이 옛이야기를 좋아한다는 뜻이 된다. 그러고 보니, 이 멋진 '가진 이' 들의 이야기는, 그런 멋쟁이들이 제발 한두 사람이라도 있었으면 좋겠다는 '못 가진 이' 들의 간절한 바람이 낳은 것은 아닐까.

어쨌거나, 나는 아직 희망을 깡그리 버리고 싶지 않다. 이야기 속 원님과 부자들처럼 속 깊고 너그러운 '가진 이' 들이 우리 사는 세상에도 분명히 있을 거라 믿기 때문이다. 정말이지 새해에는 이런 멋쟁이들이 더 많아지면 좋겠다. 그리하여, 마침내 그들의 따뜻하고 너그러운 마음이 얼어붙은 세상을 녹일 수 있기를 바란다.

너무 순진한, 가당찮은, 말도 안 되는 바람인가?

장모 된 며느리와 사위 된 시아버지

사람 사는 세상에 곡절도 아흔아홉 구비요 사연도 아흔아홉 가지라, 살다 보면 이런 일도 생기고 저런 일도 생기고 별의별 일이 다 생기지 않나. 그중에 며느리가 장모 되고 시아버지가 사위 된 이야기도 있으니 어디 한번 들어 볼 텐가.

옛날 옛적 어느 곳에 중늙은이 내외가 외동아들 내외를 데리고 살았는데, 살다가 그만 마나님이 먼저 세상을 떠났네. 그만해도 좋으련만, 뒤이어 외동아들 하나 있는 것마저 덜컥 죽어 버렸구나. 하루아침에 네 식구 중 둘을 잃고 나니, 이제 식구라고는 시아버지하고 며느리만 달랑 남았거든.

청상과부가 된 며느리는 홀시아버지를 정성껏 봉양하고 사는데, 시아버지가 가만히 생각을 해 보니 이게 참 이러고 살 일이 아닐세. 자기야 늙은 처지에 혼자 산들 대수도 아니지마는, 앞날이 구만리 같은 며느리를 저대로 늙게 해서야 되겠느냐 말이야. 그래서 하루는 며느리를 불러 잘 타일렀어.

"얘야, 암만 생각해도 네가 이렇게 살아서는 안 되겠다. 더 늦기 전에 새 배필을 만나야 하지 않겠니? 어서 이 길로 집을 나가거라. 나가서 어디든 정을 붙이고 살다가 참한 홀아비라도 만나거든 새살림을 차려 살도록 해라."

"아버님, 웬 당치 않은 말씀을 그리하세요? 제가 나가면 아버님 밥은 누가 차려 드리고 빨래는 누가 해 드린대요?"

"그런 걱정은 말아라. 내 늙었다고는 하나 아직 밥 해 먹고 빨래할 기운은 남아 있느니라. 여러 말 말고 어서 떠날 채비나 하여라."

"아무리 그래도 아버님을 두고 어찌……."

"그게 너도 살고 나도 사는 길이다. 너를 청상으로 늙게 하고서야 낸들 어디 맘이 편하겠느냐?"

"……."

시아버지 타이름이 하도 간곡하니 며느리도 어쩔 수가 없었지. 시아버지는 집안을 뒤져 패물이며 옷가지를 있는 대로 긁어모아 며느리에게 안겨 주고, 며느리는 사흘 먹을 밥과 석 달 입을 옷을 정성껏 마련해 놓고, 그러고 나서 서로 하직 인사를 했어.

집을 나간 며느리는 정처 없이 갔지. 가다 보니 어느 길가 집에서 두 사람이 일을 하고 있어. 한 사람은 늙수그레한 사내인데 외양간을 치고 있고, 한 사람은 나이 든 처녀인데 아궁이에 불을 때고 있거든. 다리쉼도 할 겸 그 처녀 옆에 가 앉아서 이런저런 얘기를 했지.

시연을 들어 보니 그 집도 참 사정이 딱한 집이야. 외양간 치는 사람은 처녀 아버지인데, 일찍이 부인 죽고 외동딸 하나 있는 것 의지하고 사는 판이라네. 처녀로 말하자면 나이가 차고 넘쳐서 시집을 가도 오래 전에 갔어야 할 몸인데, 홀아비 신세가 된 아버지 봉양하느라고 속절없이 늙는다는구나.

가만히 들어 보니 이런 집이라면 한평생 몸을 맡기고 살 만하단 말이야. 넌지시 말을 붙였지.

"서방 잃고 시아버지 두고 혼자 살겠다고 집을 나온 못난이오마는, 이 댁에서 거두어 준다면 서로 의지하고 살 만한데 어떻습니까?"

"안 그래도 하루빨리 새어머니를 모셔야 할 형편인데, 집안이 워낙 가난해서 아버지 장가를 못 보내 드리고 있었습니다. 그렇게 말씀하시니 고맙기 이를 데 없습니다."

가난한 사람들이 무슨 육례(六禮)를 거창하게 치를 텐가. 그냥 찬물 한 그릇 떠다 놓고 백년가약을 맺었지. 그래서 그 날부터 그 집 안주인이 됐어. 가지고 간 패물과 옷가지를 팔아 살림 밑천 장만해서 세 식구가 오순도순 잘 사는 거지.

그러고 보니 이제 의붓딸을 시집보낼 일이 남았네. 나이가 비슷하거나 말거나 딸은 딸이니 혼사 걱정이 안 될 수 있나. 그런데 딸이 혼기를 놓쳐서 아무래도 총각한테 시집가기는 글렀단 말이야. 가만히 생각을 해 보니, 홀로 두고 온 시아버지하고 딸을 짝지어 주면 괜찮을 것 같거든. 나이가 좀 들긴 했지만 마음 씀씀이 넉넉하고 살림도 안 굶어 죽을 만큼은 있고, 그만하면 괜찮은 혼처 아닌가.

딸한테 물어보니 딸도 좋다고 해서, 당장 시아버지한테 기별을 넣었어. 시아버지야 오려는 사람이 없어 장가를 못 가고 있던 형편이니 뭐 감지덕지. 그래서 둘이 혼례를 치렀어. 의붓딸을 시아버지한테 시집보낸 거야.

그러니 이게 촌수가 어떻게 돼? 시아버지 쪽에서 보면 며느리가 장모 된 셈이고, 며느리 쪽에서 보면 시아버지가 사위 된 셈이지, 안 그래? 어쨌거나 네 식구가 어찌나 재미나게 잘 살던지, 근처 사람들이 다 부러워했다니 잘된 일이지 뭐야.

옛이야기, 관습을 비웃고 사람 편에 서다

이 이야기는 나라 곳곳에서 꽤 많이 전해진다. 화소가 조금씩 다른 각편이 여럿 전하는 걸 보면 전승력도 꽤 강한 편이다. 구비마다 사연이 절절하고 이리저리 인연이 뒤얽혀 상당한 재미와 공감을 자아내기 때문일까. 별나다면 무척이나 별난 이야기지만, 따지고 보면 세상살이에서 어렵지 않게 일어날 법하다는 생각도 든다.

이 이야기의 고갱이는 미리 짐작하기 힘든 '관계의 반전'에 있다. 며느리가 장모 되고 시아버지가 사위 되다니! 속내를 모르고 이 말을 들으면 누구나 고개를 갸우뚱거릴 것이다. 세상에 어찌 그런 일이 있을 수 있단 말인가? 하지만, 상식을 벗어난 '관계 허물기'도 사연을 알고 나면 쉽게 고개를 끄덕이게 된다. "옳아, 일이 그렇게 된 거로구나. 그런 사연이라면 마땅히 그럴 수 있지."

우리는 흔히 옛날 사람들이 고지식한 관습의 틀 속에 갇혀 살았을 거라고 쉽게 짐작해 버린다. 그리고 그 짐작의 절반은 맞다. 삼종지도(三從之道)니 여필종부(女必從夫)니 하는 여성 억압의 굴레와 함께 과부 개가 금지와 같은 답답한 틀이 있었던 것도 사실이다. 하지만 그 틀은 주로 겉을 꾸미는 데 이골이 난 양반 사대부들에게 들씌웠다. 몸뚱이 하나로 세상을 헤쳐 나간 일반 백성들은 그 숨 막히는 틀로부터 훨씬 자유로웠다는 말이다.

물론, 사람을 옭아매는 여러 관습의 틀은 일반 백성들에게도 끊임없이 강요되었다. 하지만 가난한 백성들은 굳이 그런 틀에 얽매이려 들지 않았으며, 때때로 그런 답답한 틀을 '우습게' 보았다. 아니, 먹고살기 바쁜 터에 도리는 무슨 말라비틀어진 도리야? 이런 가볍고 간단한 생각으로 그들은 쉽게 억압의 틀을 부수고 자유의 들판에 나앉았다. 이 이야기에도 그런 생각의 한 자락이 당당하게 자리 잡고 있다.

과부에게 강요된 정절만 보더라도, 곳곳에 세워 놓은 열녀비나 홍살문 같은 것은 다 양반 사대부들의 것이었다. 실제로 지체 높은 집 아낙들에게는 이루 말할 수 없는 속박이 강요되었다. 『지봉유설』에 실린 다음과 같은 이야기는 생생한 증거가 된다.

임진왜란 때 한 선비 부인이 피난을 갔다. 여자 종을 데리고 강을 건너려고 나루에 이르니 많은 사람들이 서로 붙잡고 배에 오르고 있었다. 이때 한 남자가 배 위에서 부인의 손을 잡고 끌어 올려 주었는데, 부인이 울면서 "내 손이 이미 다른 남자의 손에 의해 더럽혀졌으니 어찌 살 수 있으리오." 하고는 곧 물에 빠져 죽었다. 이 모습을 본 여자 종도 "주인이 죽었는데 나 혼자 살아 무엇하리오." 하면서 역시 물에 빠져 죽었다.

문제는, 이런 어리석은 속박과 희생이 고루한 양반들에 의해 공공연히 '조장' 되었다는 사실이다. 하지만 서민들은 그러지 않았다. 양반댁 과부며느리들이 답답한 도덕과 관습의 틀에 갇혀 숨도 제대로 못 쉬는 동안, 가난한 백성 집의 과부며느리들은 스스로 새 배필을 찾아 당당히 혼인했으며, 나아가 홀시아비까지 장가보냈다. 그들은 양반

댁 솟을대문 앞에 세워 놓은 홍살문을 보고 이렇게 중얼거렸을지도 모른다. "정말 안됐다. 가문이 무엇이고 체면이 무엇이기에 사람이 저렇게 살아야 하나?"

실제로 과부 개가를 다룬 옛이야기는 헤아릴 수 없을 만큼 많다. 그 중 총각보쌈 이야기와 글방훈장 장가보내는 이야기는 걸작이라 할 만하다. 총각보쌈 이야기의 줄거리는 이렇다. 어떤 가난한 집 총각이 부잣집 홀아비의 과부 보쌈 자루에 대신 들어가 그 집 딸과 인연을 맺는다. 나중에 속은 것을 안 부자 홀아비는 펄펄 뛰면서도 남의 이목이 두려워 울며 겨자 먹기로 가난한 총각을 사위로 맞아들인다. 남의 홀어미를 보쌈하려다 처지가 뒤바뀐다는 대목이 통쾌한 웃음을 자아낸다.

글방훈장 장가보내는 이야기는 글방에 다니는 어린아이가 홀아비 훈장을 동네 과부와 짝지어 준다는 이야기다. 아이의 능글맞음과 훈장의 엉큼함이 과부의 밉지 않은 내숭과 만나 멋진 인연을 이루는 대목에서는 누구든 넉넉한 웃음을 터뜨리지 않을 도리가 없을 것이다.

이것이 옛이야기의 주인인 백성들이 관습의 굴레를 벗어던지고 사람의 편에 서는 방식이다. 아무리 거룩한 윤리와 도덕이라도 사람의 착한 본성을 억압하는 거라면 언제든지 비웃어 줄 준비가 되어 있다는 것이다. 비록 가진 것 없이 가난하게 산 백성들이지만 그 영혼만은 자유롭고자 하는 열망을 드러낸 것은 아닐까?

그렇게 생각하면, 오늘날 시장이 만들어 놓은 또 다른 굴레에 갇혀 사는 우리들이 몹시 불쌍하고 가슴 아프다. 무슨 말이냐고? 한 가지

예를 들겠다. 이 세상 많은 여인네들이 '44' 치수의 옷에 자기 몸을 맞추려고 오늘도 목숨 걸고 밥을 굶고 있지 않나? 이 속박이 어찌 그리스 신화에 나오는 '프로크루스테스의 침대' 보다 낫다고 할 것인가?

송아지 장수 원님

옛날 충청도 옥천 땅에 아주 명철한 수령이 하나 있었는데, 고을을 맡은 뒤로 정사를 잘 돌보아서 백성들이 모두 큰 걱정 없이 살았것다. 하지만 고을 안에 딱 두 가지 걱정거리가 있었는데 그게 뭔고 하니, 하나는 노름꾼들이 많다는 것이고 또 하나는 시집 장가 못 간 노처녀 노총각이 많다는 게야. 먹고살 만한 이들은 노름이 아주 손에 붙어서 밤낮 노름판에서 늙고, 가난한 집에서는 혼인 밑천이 없어 아들딸을 다 땋은 머리로 늙히고, 이러니 원님 속이 참 답답하게 됐구나. 어찌하면 노름꾼들 버릇도 고치고 처녀 총각 혼인도 시켜 줄꼬 밤낮으로 궁리를 하다가, 하루는 고을 안에 과년한 자식 둔 백성들을 다 불러 모았네. 다 불러 모으니 그 수가 어찌나 많은지 동헌 뜰이 그득해.

"너희들은 어찌 과년한 자식을 땋은 머리로 늙게 하느냐?"

"혼인 밑천을 장만키 어려워서 그럽니다."

"그래, 자식 혼인시키는 데 밑천이 얼마나 들꼬?"

"송아지 한 마리 값이면 너끈합니다."

"알았으니 물러가거라."

그 다음에는 사령들을 불러 명을 내렸지.

"지체 없이 온 고을을 뒤져 노름하는 사람들을 잡아 오너라. 아주 씨를 남기지 말고 다 잡아 와야 하느니라."

사령들이 몇날 며칠 동안 골골이 헤집고 다니면서 노름꾼들을 이 잡듯이 뒤져서 다 잡아 왔네. 다 잡아다 놓으니 그 수가 어찌나 많은지 동헌 뜰이 그득해.

"너희들은 어찌 세상에 좋은 일 다 놔두고 하필이면 노름을 하느냐? 앞으로 또 노름을 하겠느냐?"

"이제부터는 안 하겠습니다."

노름꾼들은 한입으로 말하듯이 노름을 안 하겠다고 다짐을 했지. 아, 속마음이야 어찌 됐든 원님 앞에서야 그렇게 말하지, 뭐 어쩌겠어? "또 하겠습니다." 할 수는 없는 노릇 아닌가.

"그래, 만약에 또 노름을 하면 사람이 아니렷다."

"여부가 있겠습니까?"

"사람이 아니라면 뭐냐?"

그러니 한 노름꾼이 대답하기를,

"다시 노름을 하면 강아지입니다."

"그것 가지고는 안 된다."

그러니까 여기저기서,

"그럼 망아지올시다."

"그것도 안 되느니라."

"돼지예요."

"그것도 안 돼."

"닭이에요."

"안 돼."

그러다가 한 노름꾼이,

"송아지올시다."

하니, 원님이

"그래, 좋다."

하거든. 옳다구나 그 많은 노름꾼들이 한입으로 말하듯이,

"다시 노름을 하면 송아지올시다."

이런단 말이야.

"그래, 그러면 여기 지묵을 나누어 줄 터이니 모두 써라. '다시 또 노름을 하면 나는 송아지요.' 이렇게 쓰고 도장을 찍어라."

맹세하기야 얼마나 쉬워? 모두들 '다시 또 노름을 하면 나는 송아지요.' 이렇게 써서 바쳤지. 원님은 그걸 다 받아 놓고 풀어 줬것다.

그래 놓고 달포쯤 있다가 또 사령들을 불러서 명을 내렸지.

"전에처럼 또 온 고을을 뒤져 노름꾼을 모조리 잡아 오너라."

노름꾼이 손 딱 씻기가 어디 그리 쉽나? 다시는 안 하겠다고 맹세해 놓고도 또 노름하는 사람들이 많았거든. 이번에도 동헌 뜰이 그득하게 잡혀 왔네.

"이 중에서 다시 노름하면 송아지라고 맹세한 사람은 이제 사람이 아니라 송아지니, 고삐를 매서 옥에 가두어라. 그리고 온 고을에 알려, 내일은 동헌에서 송아지를 많이 팔 터이니 살 사람들은 다 모이라고 일러라."

이게 소문이 나니까 이튿날 온 고을 사람들이 구경하러 왁자하게 모였어. 옥에 갇힌 사람들을 뜰에 죽 늘어세워 놓고,

"자, 여기 송아지가 많으니 살 사람은 사 가거라."

이런 거야. 구경하러 온 사람들 중에는 노름꾼 아들도 있고 마누라도 있고 동생도 형도 있을 게 아니야? 자기 아버지, 서방, 형, 동생이 송아지가 되어 버렸는데 어떡할 거야? 사야지.

너도나도 나와서,

"이 송아지는 제가 사 갑니다."

이러면서 송아지 값을 내고 데리고 가니 일이 잘 됐지. 그 돈을 노처녀 노총각들 있는 집에 다 나눠 줘서 혼인 밑천 하게 하니, 온 고을에 돈 없어 시집 장가 못 가는 사람이 없게 되었다는 게야. 그리고 노름꾼도 많이 줄어들었다네. 아, 그 많은 사람들 앞에서 송아지가 되어 망신당하고 제 집 식구한테 팔려온 놈이 또 노름을 하려고 하겠나? 그래서 두 가지 일을 다 바로잡았다는 얘기.

온정주의의 두 얼굴

듣다 보면 저도 모르게 입가에 웃음이 감도는 훈훈한 이야기다. 명철한 수령에 관한 이야기는 대개 송사에 얽힌 것이 많은데, 이것은 처녀 총각에게 짝을 지어주는 이야기라서 더 새롭다. 들은 바와 같이 옛날에는 일반 백성들의 혼인 장례와 같은 사사로운 일도 모두 나랏일이요 지방 관청의 소관이었다. 요새 사람들 눈으로 보면 공과 사를 가리지 못한다 할 수도 있겠으나, 왕이나 수령을 백성의 어버이로 여긴 왕조시대에 이런 일은 예사로운 것이었다. 임금이나 벼슬아치가 처녀 총각을 중매해 주는 이야기도 많으니 새삼스러울 것도 없다.

이야기 속 원님의 꾀가 아주 묘하다. 사실 노름꾼들은 먹고살 만하니까 노름도 하는 것 아닌가. 이들의 재물을 빌어 가난한 사람들을 도

왔으니 말하자면 '소득재분배'를 한 셈이다. 게다가 노름꾼들 버릇도
고쳐 놨으니 꿩 먹고 알 먹기요, 손 안 대고 코풀기라 할 만하다. 노름
꾼들은 제 입으로 "또 노름하면 송아지요." 맹세까지 했으니 억울할
것도 없을 테고, 다만 애매하게 큰돈을 내고 송아지가 된 피붙이를 사
간 식구들이 좀 안됐다마는 웃어 넘겨야지 어쩌겠나. 요새 장가 못 가
고생하는 농촌 총각들에게도 이런 행운이 따르면 좋겠다.

　이렇듯 따스하고 훈훈한 이야기이긴 하지만, 좀 더 깊이 따져 보면
문제가 아주 없는 건 아니다. 우선 절차 문제가 떠오른다. 원님이 한
일은 의도가 어쨌든 정당한 방식이 아니었다. 가난한 사람을 돕는 건
좋지만, 부자에게 더 많은 세금을 걷든지 하는 공변된 방법으로 돕는
것이 옳지 않았겠나. 원님의 계책은 재치 있고 묘하긴 하지만 뭔가 좀
떳떳치 못하다는 혐의는 비껴갈 수 없을 듯하다. 하지만 이런 걸 따지
는 일은 너무 야박할지도 모른다. 그럴 만한 사정이 있을지도 모르고,
또 이만한 '편법' 쯤 애교로 봐줄 만도 하지 않은가.
　하지만 다른 하나는 더욱 심각한 문제인데, 정작 혼인 당사자의 뜻
이 철저하게 무시되었다는 점이다. 이야기는 이렇게 말한다. 결혼 안
한 처녀 총각은 무조건 혼인시켜야 하는 것이고, 그 일을 위해 힘쓰는
건 부모와 관장의 책임이자 미덕이라고. 당사자가 혼인을 원하느냐,
누구와 혼인하느냐는 것은 애당초 관심 밖이다. 하기야 그 옛날 왕조
시대 일이니까 이건 그럴 만하다 치자. 하지만 요새도 이런 일이 일어
나고 있다면? 무슨 말이냐고 묻고 싶은가? 이 나라 사람들은 나이든

처녀 총각을 보면 입버릇처럼 이렇게 말한다. "아직 결혼 안 했니?", "빨리 좋은 사람 만나야지.", "언제 국수 먹여 줄 거야?" 그러면 이 말을 듣는 처녀 총각들은 시쳇말로 스트레스를 받게 된다. 그중에는 결혼할 생각이 없는 사람도 있을 테고, 아직 마음을 못 정한 사람도 있을 텐데 말이다. 하지만 그렇다고 해서 함부로 항의할 수도 없다. 이 나라 사람들은 독신을 국외자 또는 비정상으로 보기 때문이다. 아무리 온정 어린 눈길이라도 이쯤 되면 부담스럽고 거북한 것이다. 모든 사람들을 한 가지 틀에 집어넣고 그것에서 벗어나지 말 것을 강요하는 사회는 야만스러운 사회이다.

온정주의를 앞세운 이야기로 「별난 과거」도 있다. 임금이 미행을 나갔다가 과거에 여러 번 떨어지고 실의에 빠진 늙은 선비를 만나면서 이야기는 시작된다. 임금은 그 선비를 구하기 위해 미리 과거 문제를 귀띔해 준 다음 대궐로 돌아가 진짜로 임시 과거를 베푼다. 결말은 조금씩 달라서, 선비가 임금 뜻대로 급제하기도 하고 낙방할 뻔하다가 구제받기도 하고 아예 과거를 못 보기도 한다. 실제로 있을 수 없는 일이긴 하지만, 이런 이야기를 만들 만큼 사람들의 정서가 예사로웠다는 건 틀림없다. 그 정서란 '여러 번 과거에 떨어진 늙은 선비'에게 온정을 베풀어야 한다는 것이다.

온정주의는 따스하고 넉넉한 인심이 만들어 낸 것이긴 하지만 편법을 대수롭지 않게 본다는 것이 문제이다. 「별난 과거」의 경우, 한 선비를 향한 온정이 결국 다른 수많은 응시자들에게 피해를 주니 공정하다 할 수 없다. 또 이 온정이 과연 정당한가 하는 문제도 있다. 알다시피 과거 급제는 곧 벼슬아치가 되는 길이다. 누구보다도 공평무사해야 할 관리가 전혀 공평무사하지 못한 방식으로 등용된다는 것은 분명 문제이다. 과거 급제를 '가난 벗어나기'의 방편으로 본 것도 문제이긴 마찬가지다. 벼슬을 얻는 일이 곧 돈벌이 수단이라고 말하는 건 공변된 영역을 사사로운 영역으로 만들어 버리는 만큼 큰 잘못이다.

옛이야기는 다만 이야기일 뿐이다. 헤집고 들여다보고 따지고 비판하기보다는 보듬고 덮어 주고 쓰다듬고 즐기는 것이 제격이다. 그런데 별것 아닌 것을 두고 시시콜콜 따져본 것은, 옛이야기를 구실로 '사람 얼굴'을 잃어 가는 요즘 세상에 대고 시답잖은 어깃장을 한번 놔 본 것뿐이다. 그러니 독자는 부디 너그러이 용서해 주기를.

양반 업은 값

오늘은 봉이 김선달 이야기 하나 해 볼까.

봉이 김선달이 평양 살 때, 근처에 참 웃기는 양반이 하나 있었것다. 이 양반으로 말할 것 같으면 인색하기로 성내에서 둘째가라면 서러워할 위인인 것이, 저는 좋은 집에 살고 기름진 음식 먹으면서 온몸에 비단을 둘둘 감고 살아도 남한테 썩은 지푸라기 한 올 적선한 적 없었구나. 그러면서 세상에 저 혼자 잘난 줄 알고 사느라고 아주 거드름이 온몸에 덕지덕지 붙었거든. 어쩌다가 나들이라도 할라치면 머리끝에서 발끝까지 번드르르하게 치장을 하는데, 말총갓 쓰고 옥관자 달고 비단공단 바지저고리에 직령도포 떨쳐입고 옥양목 행전 치고 녹피갓신 신고 뒷짐 지고 팔자걸음에 건들건들 우쭐우쭐, 세상에 이런 고달이 없네그려.

이런 양반을 하루는 봉이 김선달이 개울가에서 딱 마주쳤던 거야. 개울이라야 그저 징검돌 대여섯 개 놓일 만한 것이다마는, 마침 며칠 동안 비가 퍼붓다가 갠 뒤끝이라 벌건 흙탕물이 그득해. 건너자면 허리께나 제법 적실 지경인데 이 귀하신 양반이 어찌 옷까지 적셔 가며 개울을 건널 것인가. 곁에서 바짓가랑이를 둥둥 걷고 있는 김선달을 보고 점잖게 한마디 내놓으신다.

"에헴. 거 뉘 집 장정인지 모르겠으나 보아하니 팔다리 힘으로 먹고사는 데 이골이 난 듯한데, 그 힘 잠깐 쓰고 돈푼이나 벌어 볼 생각 없으신가."

이게 무슨 자다가 봉창 두드리는 소리더냐. 눈치 빠른 봉이 김선달은 벌써 무슨 수작인지 그 속셈 환하게 꿰었지마는 짐짓 모르는 척 딴전을 피며 이렇게 말해.

"세상에 돈 싫어하는 사람은 없을 터이나, 소인은 무식해서 그 말이 무슨 뜻인지 하나도 못 알아듣겠습니다."

"그럴 테지. 뱁새가 어찌 황새걸음을 따르며 참새가 어찌 봉황의 말을 알아듣겠는가. 내 알아듣게 말을 하지. 자네가 나를 업어다가 이 개울을 건네주기만 하면 그 삯으로 돈을 주겠다, 이 말일세."

"진즉 그렇게 말씀을 하시지요. 그래, 얼마를 주실 작정입니까?"

"엽전 반 푼이면 족하겠지마는 돈을 쪼갤 수 없는 노릇이니 내 큰 맘 먹고 한 푼 줌세."

이 인색한 양반, 제 집 돈궤에 돈이 썩어 나는 치레로 보면 한두 냥쯤 거저 준대도 탈 날 일 없으련만, 달랑 한 푼만 주면서 무슨 큰 선심이나 쓰듯이 반 푼이면 족하다느니 큰맘 먹었다느니 하는 건 또 무슨 수작이냐. 아니꼽고 더러워서 침이나 퉤퉤 뱉고 돌아설 만도 하다마는, 봉이 김선달은 무슨 생각을 하였는지 쓰다 달다 말 한마디 없이 그 웃기는 양반을 들쳐 업었네그려.

들쳐 업고 가긴 간다마는 그 걸음이 온전할까. 아니나 달라, 개울 한복판에 이르러 김선달이 걸음을 딱 멈추고서 슬슬 수작을 내놓는구나.

"샌님, 안됐지만 여기서 내리셔야겠습니다."

어허, 이런 낭패가 있나. 벌건 흙탕물이 그득한 개울 한복판에서 잘 차려입은 양반더러 다짜고짜 내리라니 이게 무슨 뜬금없는 소리냐. 등에 업힌 양반 얼굴이 그만 하얗게 질린다.

"아니, 이 사람아. 여기서 내리라니, 그게 무슨 소린가?"

"지금 제 발밑에 큰 잉어가 한 마리 깔렸습니다. 이놈을 잡으려면 손을 써야 할 것인데, 사람을 업고서야 어찌 손을 쓰겠습니까?"

"아니, 그까짓 잉어가 무슨 대수야? 응당 사람부터 건네야 할 것 아닌가?"

"아니지요. 등에 업은 샌님은 한 푼짜리지만 발밑에 깔린 잉어는 줄잡아도 닷 냥짜리니 잉어가 대수지요."

이러니 몸이 달고 속이 타는 건 양반 쪽이지.

"이 사람아. 아무리 그래도 그렇지, 여기서 내리라는 게 말이나 되나? 여기서 내리면 옷 젖는 건 둘째 치고 자칫하면 흙탕물에 휩쓸려 황천 가게 생겼단 말일세."

"그거야 소인이 알 바 아니지요. 소인은 그저 돈 벌려고 하는 일인데, 한 푼짜리 사람을 건네려고 어찌 닷 냥짜리 잉어를 놓치겠습니까? 생각 좀 해 보십시오."

이쯤 되면 제아무리 인색한 노랑이라도 흥정을 안 할 도리가 없으렸다.

"그래, 그래. 알았네. 내 돈을 더 낼 터이니 어서 가세."

"얼마를 더 내시겠습니까?"

"두, 두 푼 냄세."

"어허, 샌님도 셈을 할 줄 안다면야 어찌 그런 말씀을 하십니까? 그래, 두 푼을 보고 닷 냥을 버리란 말씀입니까?"

"알았네, 알았어. 내 닷 푼 냄세."

"닷 푼이라니요? 말귀를 그렇게나 못 알아들으십니까? 그렇게는 안 됩니다."

"그, 그러면 내 큰맘 먹고 하, 한 냥 냄세. 그러니 딴말 말고 어서 가세."

"안 되지요. 한 냥을 받아도 엄청 손해 보는 겁니다."

"아이고, 여보게. 그러지 말고 나 좀 살려 주게. 내 석 냥, 석 냥 낼 터이니 그놈의 잉얼랑 잊어버리고 제발 가세나. 내 이렇게 비네."

봉이 김선달이 그제야 못 이기는 체하고 발걸음을 옮기면서,

"어허, 오늘 참 손해가 많은걸. 닷 냥짜리 잉어를 놓아주고 석 냥짜리 사람을 업고 가니 이런 오그랑장사가 또 어디에 있나."

하더라는 이야기.

풍자와 해학, 얼어붙은 마음을 녹이는 겻불

우리나라 사람치고 봉이 김선달 이야기 한두 가지 안 들어 본 사람은 없을 것이다. 봉이 김선달은 도대체 누구이며 그의 이야기는 왜 이렇게 널리 알려지게 되었을까?

우리가 아는 바는 대개 이렇다. 김선달은 평양 출신 재주꾼으로 일찍이 벼슬하러 서울에 갔으나 서북차별과 세도정치의 벽 앞에 좌절하고 스스로 건달이 되어 권력자와 부자를 곯려 주며 일생을 보냈다는 것이다. 김선달의 본이름이 김인홍이라는 이야기까지 전해지지만, 과

연 그가 실존인물이었는지는 알 수 없다. 본디 이야기라고 하는 것이 입에서 입으로 전해지면서 얼마든지 부풀려지기도 하고 새로 만들어지기도 하니 말이다.

김선달과 비슷한 인물로 김삿갓, 정만서, 정수동, 방학중 같은 이들이 있다. 이들의 공통점은 풍자와 해학에 능하다는 점이다. 보통 권세 있는 벼슬아치나 돈 많은 부자들이 풍자의 대상이 된다. 권세만 믿고 으스대는 양반, 백성을 속이고 등쳐 먹는 수령, 지나치게 인색한 구두쇠, 겉으로 점잖은 체하며 속으로 호박씨 까는 위선자들은 누구든지 이들이 던지는 풍자의 칼날을 비껴가지 못한다. 권세에 억눌려 힘들게 살아가는 가난한 백성들은 이들의 별난 행적을 다룬 통쾌한 이야기를 널리 퍼뜨리며 즐거워했다. 말하자면 김선달형 이야기는 백성들의 고단한 삶에 한 모금 청량제와 같은 구실을 했던 것이다.

풍자에 해학이 곁들여지면 이야기는 한결 넉넉해진다. 풍자는 어느 경우에나 칼날을 숨기고 있어, 크건 작건 상대에게 생채기를 입힌다. 하지만 해학은 한바탕 시원한 웃음으로 그 생채기조차 어루만져 준다. 비록 상대가 우리를 다치게 하고 우리 것을 빼앗아 갈지라도, 그저 한번 놀리는 것으로 속을 풀자는 것이 해학의 참뜻이다. 이런 점에서 풍자와 해학은 '씻김굿' 과도 같다. 맺힌 것이 있으면 풀고 막힌 것이 있으면 뚫자는 것이요, 상대를 쫓아내고 우리만 잘 살자는 것이 아니라 상대의 잘못을 일깨워 함께 살자는 것이다.

이 이야기를 다시 살펴보자. 양반은 처음부터 신분과 재물을 무기 삼아 매우 불편한 거래를 텄다. 사람을 업어 건네는 노동력의 대가로 돈 한 푼이 정당한가를 따지기에 앞서, 멸시와 거드름으로 남의 인격과 자존심을 짓밟은 것은 용서하기 어렵다. 이 횡포에 대응하는 길은 두 가지가 있을 수 있다. 하나는 정면으로 맞서 싸우며 넘어가는 길이요, 다른 하나는 슬쩍 비껴서 에돌아가는 길이다. 김선달은 물론 뒤의 길을 택했고, 보기 좋게 뜻한 바를 이루었다. 애당초 거래를 튼 쪽은 양반이었으니, 김선달이 잉어를 핑계 삼아 도리어 가당찮은 돈을 우려내도 양반으로서는 할 말이 별로 없게 됐다. 양반이 제 꾀에 제가 속아 넘어간 꼴이다. 이것이 풍자의 묘미다.

양반 처지에서는 억울하고 분하지만 대놓고 상대를 몰아칠 수 없다는 점에서 정말 '제대로' 당한 것이다. 속으로 뭔가 떨떠름하고 괘씸하지만 너털웃음 또는 쓴웃음 한 번으로 패배를 자인할 수밖에 없으니 말이다. 정면 싸움에 견주어 생채기는 크지 않지만 받아칠 방법이 마땅찮은, 이것이 바로 풍자의 효과이다.

옛날 사람들은 이러한 풍자에 호탕한 웃음으로 버무린 해학을 곁들여 풍성한 이야기를 만들고 퍼뜨리며 스스로 아픔을 달래고 위안을 얻었다. 김선달형 이야기가 온 백성들에게 사랑 받으며 끈질긴 전승력을 지니게 된 까닭은 이러하다.

풍자와 해학은 얼어붙은 마음을 녹이는 불과 같다. 불은 불이되 겻불이다. 한꺼번에 화르르 타오르지 않고 은근히 온기를 내며 사람의 마음을 녹인다. 불을 피운 사람의 마음은 물론, 건너편에 있는 상대의 마음까지 녹인다. 그 서슬 퍼렇던 왕조시대의 권력자들도 백성들의 풍자와 해학이 녹아든 이야기와 노래와 춤만은 너그러이 용납한 점이 이를 증명한다. 풍자의 칼날이 자신을 향하고 있음을 알면서도 그 은근한 곁불마저 짓밟을 수는 없었을 게다. 이래저래 넉넉한 인심이 더욱 그리워지는 봄날이다.

힘자랑하러 나선 장사

옛날 옛적 서울 문안에 힘깨나 쓰는 한량이 하나 살았것다.

이 한량, 힘이 어찌나 센지 서너 사람이 달려들어도 겨우 몰까 말까 하는 사나운 말을 손짓 한 번으로 길들여 몰고, 남들 백 걸음 밖에서 맞출까 말까 하는 과녁을 삼백 걸음 밖에서 살 하나로 뚫어 버리니 그게 어디 예사 힘이냐. 문안에서는 말할 것도 없고 문밖 오십 리 안에도 당할 장사가 없었다는데.

이 한량 힘이 이만하니 장안에서 활이나 쏘는 걸로는 성이 안 차서 하루는 들메끈을 조이고 조선 팔도에 힘자랑하러 나섰것다. 어디 나보다 힘센 놈 있으면 나와 보라고 아주 어깨에 힘을 잔뜩 넣어서 이곳저곳 떠돌아다니기 시작하는데, 어깨를 으쓱으쓱 팔다리를 건들건들, 세상에 이런 거들먹이 없구나.

그러다가 한번은 큰 고개를 넘던 중에 말로만 듣던 호랑이를 만났것다. 제아무리 힘센 장사라도 집채만 한 호랑이가 눈에 불을 쏘면서

아가리를 딱 벌릴 적에는 기부터 팍 질리지 뭐 다른 수가 있겠는가. 이 한량 그만 팔다리가 얼어붙고 가슴이 오그라들어 소리 한 번 못 지르고 똥줄이 빠지게 길가 나무 위에 기어오른 것이다. 나무에 붙어서 숨도 크게 못 쉬고 있는데, 저 아래에서 웬 나무꾼이 지게를 지고 꺼떡꺼떡 올라온다.

"아이고, 호랑아. 제발 저 나무꾼 잡아먹고 나는 좀 살려 다오."

그런데 저 나무꾼 하는 본새 좀 보소. 눈썹 하나 까딱 않고 휘적휘적 올라와 댓바람에 호랑이 멱을 딱 움켜잡더니, 그 큰 호랑이를 나뭇단 들듯 공중에 번쩍 들어 올리네그려. 그렇게 들어 올린 것을 빙빙 돌려서 냅다 패대기를 치니까, 아 이놈의 호랑이가 맥 한 번 못 추고 땅바닥에 떨어져서 그만 죽어 버리는구나.

나무 위에 있던 한량이 이 모습을 보고 그만 입이 딱 벌어져서, 슬금슬금 나무꾼 앞에 다가가 넙죽 엎드렸것다.

"내가 참 어리석게도 이 세상에 나보다 힘센 사람은 없는 줄만 알았는데, 오늘 이렇게 큰 장사를 만나고 보니 나 같은 사람은 참 아무것도 아니란 걸 알았습니다."

그랬더니 나무꾼이 하는 말.

"그런 말 마오. 나도 옛날에는 이 세상에 나보다 힘센 사람은 없을 줄 알았는데, 나보다 더 큰 장사도 있더이다."

"아니, 세상에 장사님보다 더 힘센 사람도 있답니까?"

"나 같은 건 그런 장사 앞에서 어린애나 다름없지요. 알고 싶으면 아무 곳에 사는 아무개를 찾아가 보시구려."

도대체 어떤 사람이 그리도 힘이 센가 싶어서, 이 한량 길을 물어 물어 몇 날 며칠 걸어서 아무 데 사는 아무개를 찾아갔것다. 가 보니 산 밑에 조그마한 밭이 하나 있는데, 그 밭에서 웬 허름한 농사꾼이 흙을 고르고 있더라나. 농사꾼 볼품이 오죽하겠나. 얼굴은 볕에 그을려 새까맣고 몸집은 빼빼 말랐는데, 후줄근한 베옷을 입고 쭈그리고 앉아 흙을 고르는 품이 도무지 힘센 장사 같지가 않거든.

그런데 저 농사꾼 일하는 본새 좀 보소. 연장도 없이 맨손으로 호비작호비작 땅을 파서 돌 끝이 보이면 그놈을 엄지 검지로 탁 거머잡고 그냥 쏙 빼 올려 콩알 던지듯이 그냥 등 뒤로 휙 내던지는구나. 그런데 그놈의 돌덩이가 작으면 물동이만 하고 크면 장독만 하니 이건 숫제 돌덩이가 아니라 바윗덩이지. 그런 걸 손가락 두 개로 쏙 뽑아 내던지고 쏙 뽑아 내던지고, 이러니 이걸 어디 사람의 힘이라 할 것이냐.

한량이 그걸 보고 그만 입이 딱 벌어져서, 슬금슬금 농사꾼 앞에 다가가 넙죽 엎드렸것다.

"듣던 대로 과연 하늘 아래 둘도 없는 장사올시다. 이런 장사를 두고 세상에 나보다 힘센 사람은 없는 줄만 알았으니 이런 부끄러울 데가 어디에 있겠습니까?"

그랬더니 농사꾼이 하는 말.

"그런 말 마오. 나도 옛날에는 이 세상에 나보다 힘센 사람은 없을 줄 알았는데, 나보다 더 큰 장사도 있더이다."

"아니, 세상에 장사님보다 더 힘센 사람도 있답니까?"

"나 같은 건 그런 장사 앞에서 어린애나 다름없지요. 알고 싶으면 아무 곳에 사는 아무개를 찾아가 보시구려."

이보다 더 큰 장사라면 도대체 어떤 사람이 그리도 힘이 센가 싶어서, 이 한량 또 길을 물어물어 몇 날 며칠 걸어서 아무 데 사는 아무개를 찾아갔것다. 가 보니 두메산골 외진 곳에 다 쓰러져 가는 오막살이가 한 채 있는데, 그 집 부엌 아궁이 앞에서 웬 처녀가 쪼그리고 앉아 불을 때고 있더라나. 산골 처녀 볼품이 오죽하겠나. 몸집은 조그마하고 얼굴은 살짝 얽었는데, 꾀죄죄한 차림에 쪼그리고 앉아 불을 때는 품이 도무지 힘센 장사 같지가 않거든.

그런데 저 처녀 불 때는 본새 좀 보소. 아름드리 나무등치를 통째로 들고서 그걸 그냥 수숫대 껍질 벗기듯이 손으로 쭉쭉 찢어, 수수깡 가지고 놀듯 한 손으로 쥐고 뚝뚝 분질러서 아궁이에다 집어넣는구나. 아름드리 통나무를 맨손으로 찢어 장작을 만들고, 그걸 또 손가락으로 뚝뚝 분질러 아궁이에다 집어넣고 불을 때니, 세상에 이런 장사가 또 어디에 있겠는가.

이 한량이 그걸 보고 그만 놀라서 기절초풍을 할 지경이라, 간신히 정신을 수습해서 그 길로 똑바로 서울에 돌아와 얌전하게 살았는데, 그 뒤로 두 번 다시 힘자랑한단 말은 입 밖에도 안 내더라는 얘기.

강자의 오만 또는 겸손

이 이야기는 우리나라 곳곳에 전해 오는 힘자랑 이야기 가운데 하나다. 힘자랑 이야기의 묘미는 겉보기에 약한 사람이 속힘도 약할 거라는 지레짐작을 뒤엎는 데 있다. 그래서 이런 이야기에 나오는 힘장사는 대부분 겉보기에 약해 보이는 사람이다. 여기서도 볼품이라고는 하나도 없는 나무꾼과 농사꾼, 그리고 산골 처녀가 힘센 장사로 그려진다. 겉보기로는 활 쏘고 말 타는 한량이 장사 노릇을 할 것 같지만 속내는 그렇지 않다는 것이다.

한량이 힘센 장사를 찾아가는 과정을 눈여겨보자. 찾아갈수록 점점 더 큰 힘장사가 나타나는데, 이때 만나는 장사는 겉보기로는 점점 더 약자 쪽에 가까워진다. 겉보기로야 평범한 나무꾼보다 허름한 농사꾼이 더 약하고, 그들보다는 몸집이 조그마한 산골 처녀가 더 약해 뵈지 않는가. 하지만 속내는 딴판으로 나무꾼보다 농사꾼이 더 세고, 그들보다는 산골 처녀가 더 세다는 것이다. 이것은 무엇을 말하는가.

세상을 휩쓰는 힘은 대개 돈과 권력이 만든다. 물리력도 힘은 힘이지만, 그보다는 돈과 권력을 가진 사람이 강자인 경우가 많다. 강자가 오만하면 약자를 차별하고 업신여기며 약자들 앞에서 그 힘을 자랑하려 한다. 그리고 때때로 폭력을 휘두르며 약자를 괴롭히기도 한다. 하지만 세상의 돈과 권력이란 바위처럼 단단한 것이 아니어서, 어느 순간 모래 위에 지은 집처럼 와르르 무너질 수 있다. 이 이야기 주인공인 한량은 다행히도 자신의 힘이 별것 아니란 걸 일찍이 깨닫고 힘자랑을 멈추지만, 만약 그러지 않았다면 끝내 큰 봉변이나 망신을 당했을 것이다.

그래서 힘이 있을수록 사람은 겸손해야 한다. 겸손한 강자는 섣불리 힘자랑을 하는 대신 약자를 배려하며 자신의 힘을 뒤로 숨긴다. 그 힘은 이를테면 다른 강자의 부당한 폭력 같은 것을 억누를 때 쓰일 뿐, 약자에게는 결코 위협이 되지 않는다. 이런 경우 종종 강자의 힘은 정당성을 얻어 여럿에게 인정받고 사랑받는 '진정한 권위'가 되기도 한다. 오만한 강자가 많은 사회는 야만사회요, 겸손한 강자가 많은 사회는 문명사회다.

지금 우리 사회는 어떠한가? 다른 건 몰라도 약자나 소수에 대한 차별과 억압이 심한 건 틀림없다. 부자보다 가난한 사람이, 배운 사람보다 못 배운 사람이, 서울 사람보다 시골 사람이, 일류대 출신보다 그렇지 않은 사람이, 남자보다 여자가, 비장애인보다 장애인이 훨씬 부당한 대우를 받는다. 때로는 횡포에 가까운 강자의 특권이 버젓이 관행으로 대접받으며 약자들을 울리는 것도 사실이다. 부자와 가난뱅이가 똑같은 시간에 비슷한 힘을 들여 일을 해도 채울 수 있는 그릇의 크기가 너무나 다른 것이다. 이렇게 불공평한 사회를 문명사회라고 할 수 있을까?

　약육강식의 법칙이 지배하는 정글사회에서 강자의 따뜻한 배려를 기대하는 것은 애당초 불가능한지도 모른다. 오늘도 국가경제를 위해 열심히 일한다는 정치인들과 재벌들이 그 힘과 돈을 가난한 약자들과 나누는 모습을 볼 수 있다면……. 힘센 사람이 약한 사람을 보살피는 것이 가장 바람직한 사회겠지만, 그게 안 된다면 약한 이들끼리 힘을 합치는 수밖에 없다. 그리하여 부당하게 빼앗기는 열매의 수라도 줄이는 것이 최선일 것이다.

　겉보기에 약한 사람이 알고 보니 힘장사라고 말하는 옛이야기는, 그래서 듣다 보면 눈물겹다. 제대로 기 한번 못 펴고 살아간 백성들이 이야기 속에서나마 강자가 되어 본때를 보여 주고 싶어 하는 마음이 들여다보이는 듯해서이다. 그 본때란 물론 거드름 피우는 힘자랑이 아니라, 힘을 감추고 살아가는 진정한 강자의 겸손이다. 놀라운 힘을 가지고도 그것을 장작을 쪼개는 일 외에는 쓰지 않는 산골 처녀처럼 말이다. 모름지기 이 세상의 철없는 힘장사들은 백성들의 이 소박한 가르침에 귀를 기울여야 할 것이다.

진도깨비와 언 시래기

옛날 어느 곳에 농사꾼이 살았는데, 하루는 장에 갔다 오다가 다리 밑에서 도깨비 무리를 봤것다. 날은 저물어 어둑어둑한데, 울긋불긋 털북숭이 도깨비들이 여럿 모여서 씨름을 하며 놀고 있더란 말이지. 그 노는 모습이 장히 볼 만하여 한참 동안 구경을 하였는데, 그러다 보니 문득 좋은 생각이 떠올랐구나.

"도깨비와 친하면 재물을 얻는다던데 어디 저 도깨비들하고 친해져 볼까."

도깨비들이 본디 메밀묵을 좋아하는지라, 그 길로 집에 가서 메밀묵 한 솥을 쑤어 가지고 다릿발 밑에 얌전히 갖다 놨것다. 그런 다음 그 이튿날 아침에 솥을 가지러 가 보니, 아니나 다르랴 솥 안에 메밀묵은 말끔히 비고 그 자리에 다른 물건이 들어 있구나.

"옳거니, 도깨비가 갚음을 하느라고 뭘 넣어 놨구나."

가만히 들여다보니 그 물건이란 게 다름 아닌 시래기 한 줌일세.

시래기는 시래기로되 언 시래기라, 녹여서 먹기로 들면 안 될 것은 없다마는 참 하찮기 짝이 없는 물건인 것이다. 어찌 이런 것을 넣어 놨을꼬. 농사꾼이 그만 부아가 나서 언 시래기를 그 자리에 내팽개치 고 빈 솥만 들고 돌아왔것다.

그 다음 장날에 또 도깨비들이 다리 밑에 와 노는지라, 이번에는 설마 하고 또 메밀묵 한 솥을 쑤어서 다릿발 밑에 갖다 놨지. 그래 놓고 이튿날 아침에 가 보니, 아이쿠 이런 변이 있나. 빈 솥 안에 든 것은 또 언 시래기 한 줌일세.

그 다음 장날에 이번에야 설마 하고 또 한 번 메밀묵을 쒀 줬더니 돌아오는 건 또 언 시래기라. 야 이놈의 도깨비들이 그런 줄 몰랐는 데 세상에 둘도 없는 노랑이들이로다. 욕이나 실컷 퍼붓고 나서, 그 다음부터는 도깨비들이 와서 놀건 말건 거들떠보지도 않았거든.

그런데 그 이웃에 나무꾼이 한 사람 있어. 하루는 장날에 나무를 팔고 오다가 다리 밑에서 도깨비 노는 모습을 보았것다. 씨름판을 벌 이고 노는 게 볼 만하여 한참을 구경하다가 문득 이런 생각을 했지.

"아무리 도깨비들이라 하나 밤새 저리 놀자면 좀 시장하겠는가."

그 길로 집에 가서 메밀묵 한 솥을 쒀 가지고 다릿발 밑에 갖다 놨 네. 그래 놓고 그 이튿날 아침 일찍 솥을 가지러 가 봤더니, 솥 안에 메밀묵은 비고 그 자리에 다른 물건이 얌전하게 들어 있구나. 가만히 들여다보니 다름 아닌 언 시래기 한 줌이라.

"도깨비들이 나 반찬 해 먹으라고 두고 갔나 보다."

고이 거두어 집에 가져다가 녹여서 시래깃국을 끓여 먹었지.

그러고 나서 그 다음 장날에 또 도깨비들이 와 놀기에 메밀묵 한 솥을 쒀다 주고, 그 이튿날 아침에 다리 밑에 가 봤더니 어렵쇼, 이 번에는 헌 치마저고리 한 벌이 솥 안에 들어 있네. 고이 가져다가 아내 입으로라고 줬겄다.

그 다음 장날에 또 도깨비들이 와 놀기에 메밀묵 한 솥을 쒀다 줬더니, 이번에는 빈 솥에 이 빠진 그릇 한 벌이 들어 있구나. 고이 가져다가 부엌세간으로 잘 썼지.

그 다음에도 메밀묵을 쑤어 줄 때마다 도깨비들이 갚음으로 물건 하나씩 솥에 담아 두었는데, 아 그것이 날이 갈수록 값진 것이 되네. 새 나물, 새 옷, 새 그릇이 나오더니 나중에는 쌀이야 돈이야 비단이야 이런 것을 많이 주니 그 좀 좋으냐. 나무꾼은 그 덕에 얼마 안 가 부자 되어 남부럽지 않게 잘 살게 됐지.

소문을 들은 농사꾼이 저도 메밀묵을 쑤어 줬건마는 언 시래기밖에 안 주던데, 그놈의 도깨비가 사람 충하 둔다고 볼이 부었네그려. 그런데 그게 다 그만한 사연이 있어 그리되었다니 그 사연이나 들어 볼까.

도깨비라고 하는 것이 본디 가지도 많고 수도 많아 성정도 각각 다른데, 그중 진도깨비란 놈은 경위가 발라 남에게 신세를 지면 반드시 갚되 제 가진 것 중 가장 귀한 것부터 준단다. 그래서 메밀묵을 얻어먹고 서로 의논한다는 것이,

"얘들아, 우리 가진 것 중에서 가장 귀한 게 뭐냐?"

"언 시래기 한 줌이면 귀한 것이지."

"됐다. 그럼 그걸 주자."

이렇게 해서 언 시래기 한 줌을 솥에 담아 놨거든. 그런데 농사꾼은 언 시래기가 하찮다고 그 자리에 버려 놨으니 도깨비가 다시 주워 또 솥에 넣을 수밖에. 주면 돌아오고 주면 돌아오고, 이러니 밤낮 언 시래기만 왔다 갔다 하였구나.

하지만 나무꾼은 처음에 언 시래기 주는 것을 고맙게 받아 가니,

그 다음번에 메밀묵을 얻어먹은 도깨비들이 의논하기를,

"얘들아, 우리 가진 것 중에서 가장 귀한 것이 뭐냐?"

"헌 치마저고리 한 벌이면 귀한 것이지."

"됐다. 그럼 그걸 주자."

하고서 헌 치마저고리 한 벌 솥에 담아 놨고, 그걸 고맙게 받아 가니 그 다음에는,

"얘들아, 우리 가진 것 중에서 가장 귀한 것이 뭐냐?"

"이 빠진 그릇이면 귀한 것이지."

"됐다. 그럼 그걸 주자."

하고서 이 빠진 그릇을 담아 뒀으며, 나중에는 새것도 동이 나서,

"얘들아, 우리 가진 것 중에서 가장 귀한 것이 뭐냐?"

"이제 남은 거라고는 쌀, 비단, 돈 이런 것뿐이군."

"할 수 없지. 그거라도 주자."

이러면서 쌀이야 비단이야 돈이야 이런 재물을 솥 안에 넣었다는 사연이지.

귀한 것과 하찮은 것

이것은 흔치 않은 옛이야기로, 겉으로는 옛말이 생긴 내력을 밝히는 유래담의 성격을 띠고 있지만 속내를 보면 사람의 어리석음을 은근히 깨우치는 이야기다.

이야기를 처음부터 차근차근 살펴보자. 농사꾼은 도깨비에게 베푼 호의의 대가로 언 시래기를 얻는다. 그것도 세 번이나. 언 시래기가 상

징하는 바를 짐작하기는 어렵지 않다. 아주 값싼 물건이라는 것이다. 이 상황만을 두고 보면 농사꾼은 무척 억울하겠다. 동기야 어떻든 남에게 베푼 대가치고는 너무나 값싼 물건을 얻었으니 말이다. 그러나 여기에는 그만한 까닭이 있다. 농사꾼은 언 시래기를 하찮게 여기고 버렸다. 그 결과 도깨비는 농사꾼이 버린 언 시래기를 다시 주워 또 갚음으로 내놓는다. 농사꾼은 버리고 도깨비는 그걸 주워서 내놓고……, 이 지루한 되풀이는 농사꾼이 언 시래기를 하찮게 여기고 버리는 한 계속될 것이다.

하지만 나무꾼은 그러지 않았다. 나무꾼은 언 시래기를 고이 거두어 집에 가져다가 잘 썼다. 그 결과 도깨비들은 다른 물건을 내놓지 않을 수 없게 되었다. 그래서 다음번에는 헌 치마저고리가 나오고 이 빠진 그릇이 나왔다. 헌 물건이 다 떨어지자 새 물건이 나오고, 드디어 그것조차 동나자 곡식과 비단과 돈 같은 재물이 나오게 되었다. 요컨대 도깨비가 갚음으로 내놓는 물건은 점점 값비싼 물건이 된 것이다. 우리는 여기서 한 가지 의문에 사로잡힌다. 도깨비들은 왜 가장 '귀한' 것부터 내놓는다 했을까?

이 이야기는 귀한 물건과 하찮은 물건에 대한 우리의 상식을 처음부터 뒤집는다. 값싼 것이 귀한 것이요, 겉보기에 하찮은 것이 사실은 가장 귀한 것일 수 있다는 말을 하는 것이다. 생각해 보자. 언 시래기는 과연 하찮은 것인가? 이 물음에 "그렇다."고 대답하면 농사꾼의 행동은 정당화된다. 하찮은 것을 버린 것이 무어 죄가 되겠는가? 하지만

"그렇지 않다."고 대답하면 나무꾼이 복을 받은 까닭이 설명된다. 나무꾼은 언 시래기를 귀하게 여겼기 때문에 다른 것도 얻을 수 있었다. 말하자면 언 시래기는 귀한 물건의 출발점이자 바탕이다. 달리 말하면 다른 무엇보다 귀한 물건일 수 있다는 것이다. 애당초 언 시래기를 귀하게 여기지 않은 농사꾼이 언 시래기에서 한 발짝도 나가지 못한 것을 생각해 보면 더욱 그렇다.

따라서 귀하고 하찮은 것은 사물의 본성이 아니다. 그것은 사물을 느끼는 사람의 마음에 달린 것이다. 농사꾼에게 언 시래기는 하찮은 것이었지만 나무꾼에게는 귀한 것이었다. 우리에게는 무엇이 귀한가? 먹고 입고 자는, 이 단순한 삶을 돕는 사물일수록 귀하게 여겨야 하지 않을까? 값비싼 것이 반드시 귀하다는 생각은 경제활동을 하는 사람만의 착각일 수 있다. 이를테면 황금 한 덩이는 다람쥐에게 도토리 한 알만한 값어치도 없다. 사람의 목숨을 이어가는 데 풀 한 포기는 중요할 수 있지만 고급 자동차는 아무 쓸모가 없다. 언 시래기 이야기가 주는 깨우침은 바로 이것이다.

살다 보면 가끔 어린아이 같은 의문에 사로잡힐 때가 있다. 세상에는 농사짓고 고기 잡고 공장에서 일하는 사람들이 있는가 하면, 말을 잘하고 남을 잘 부리고 셈에 밝은 사람도 있다. 앞은 우리 삶을 이어가는 데 긴요한 '일' 을 하는 사람들이고, 뒤는 남보다 뛰어난 '능력' 을 갖춘 사람들이다. 상식은 우리에게 말한다. 농사와 고기잡이와 공장 일은 우리 삶에 없어서는 안 될 소중한 것이지만 정치와 이재는 다만 우리 삶을 좀 더 편하게 해 줄 뿐이라고. 그래서 앞의 것이 없으면 우리는 당장 목숨을 이어가기 힘들지만 뒤의 것은 없어도 조금 불편하면 그만이라고. 하지만 현실은 그렇지 않다. 농부와 어부와 노동자는 업신여김을 받기 일쑤지만, 정치인과 자본가들은 대개 존경과 부러움의 대상이 된다. 왜 그럴까?

이제 우리는 우리 자신에게 물어야 한다. 진정으로 귀한 것은 무엇인가? 참으로 귀한 것을 다만 '돈이 안 된다는' 까닭으로 하찮게 여기고 있지 않은가? 언 시래기 한 줌으로 우리를 깨우치려 한 진도깨비의 슬기 앞에 새삼 옷깃을 여미게 되는 내력이 이러하다.

호랑이 눈썹 덕에 장가간 총각

옛날 옛적 어느 곳에 총각이 하나 살았는데, 아 이 총각 나이 마흔이 넘도록 장가를 못 갔네. 그게 참 이상한 것이, 이리 보나 저리 보나 장가 못 갈 까닭이 도무지 없거든. 집안 살림으로 말하면 천석꾼 부자는 아니더라도 밥은 안 굶고 살 만하고, 허우대로 말하면 옥골선풍은 아니더라도 있을 것 다 다 제자리에 붙어 있고, 이러니 어디 딱 집어 탈 잡을 곳 없단 말이야. 그런데도 무슨 살이 끼었는지 어디서 중신 말이 들어왔다가도 툭 하면 틀어지고 툭 하면 깨어지고, 이러니 당최 혼삿길이 열리지 않는구나.

이러구러 나이만 자꾸 먹어 이제 내일모레면 중늙은이 소리를 들을 판인데, 이 총각 가만히 생각을 해 보니, 야 이거 참 아무리 팔자가 사납다 해도 어찌 이럴 수가 있나 싶거든. 버러지 같은 미물도 짝이 있는 법인데, 하물며 사람으로 태어나 배필도 못 구하고 늙어 가니 이게 무슨 꼴이냐 이 말이지.

"이렇게 살 바에야 차라리 죽는 게 낫겠다."

그만 오기가 동해서 집을 뛰쳐나왔어. 집을 나와서 어디로 갔는고 하니 백인재로 갔단 말이야. 백인재는 고개 이름인데, 백 사람이 모여 고개를 넘는다고 해서 그런 이름이 붙었어. 그 고개에 집채만 한 호랑이가 살고 있어서, 사람 수 백 명을 채워서 넘어야지 안 그러면 잡아먹힌다 이거지.

"까짓것, 그놈의 호랑이한테 잡아먹히고 말지."

독한 마음을 먹고 백인재로 올라갔어. 고갯마루에 딱 올라서니, 아니나 달라 집채만 한 호랑이 한 마리가 커다란 바위 뒤에 몸을 숨기고 있구나.

"옳아, 저놈이 날 잡아먹으려고 기다리는 게로구나."

그 앞을 쓱 지나쳐 갔어. 달려와서 한입에 잡아먹으라고 아주 천천히 걸어갔지. 그런데 이게 어찌된 영문인지 호랑이가 꿈쩍을 안 하네. 바위 뒤에 그냥 가만히 있어. 저게 날 못 봤나 싶어서 다시 이쪽으로 걸어와 봤지. 그래도 매한가지야. 이리 왔다 저리 갔다를 몇 번이나 하고, 제발 좀 잡아먹어 달라고 그쪽을 보고 알나리깔나리 약을 올려도 도무지 감감무소식이야.

"야, 호랑아. 너는 왜 날 보고도 안 잡아먹냐?"

참다못해 소리쳐 물었지. 그랬더니 집채만 한 호랑이가 바위 뒤에서 하는 말이,

"아, 너는 사람이라서 내가 못 잡아먹는다."

이러거든. 호랑이 담배 피울 적 이야기니까 호랑이가 말을 하는 건 당연한데, 사람이라서 못 잡아먹는다는 건 이상하단 말이야.

"여태 사람을 많이 잡아먹어 놓고선 그게 무슨 소리냐?"

"조금 있어 보면 다 알게 된다. 여기 와서 있어 봐라."

호랑이가 시킨 대로 바위 뒤로 가서, 호랑이 옆에 앉아 있었지. 한참 있으니까 멀리서 두런두런 말소리가 나더니, 저 아래에서 사람들이 떼거리로 올라와. 고개 밑에서 사람들이 백 명을 채워 함께 올라오는 모양이야.

"저 사람들이 뭐 어쨌다는 말이냐?"

하니까, 호랑이가 자기 눈썹을 하나 쑥 뽑아 주면서,

"이걸 눈에 대고 봐라."

하거든. 시키는 대로 했지. 호랑이 눈썹을 눈에 대고 보니까, 아이고 이게 무슨 변이야? 그 사람들이 다 사람이 아니야. 소도 있고 말도 있고 개도 있고 돼지도 있고, 가지각색 짐승들이야. 닭도 있고 오리도 있고 오소리도 있고 너구리도 있고, 뭐 이 모양이야.

"사람 눈에는 사람으로 보여도, 우리 호랑이 눈에는 짐승으로 보이지. 우리는 짐승만 잡아먹지, 사람은 못 잡아먹는다. 저 무리에도 사람이 한둘 섞여 있어서 내가 못 잡아먹는다."

가만히 보니 참말로 그중에 진짜 사람이 한둘 섞여 있어.

그 사람들이 다 지나간 뒤에 호랑이가 또 말하기를,

"네가 여태 장가를 못 간 것도 사람을 못 만나서 그렇다. 사람은 사람끼리 혼인을 해야지, 사람하고 짐승하고는 못 사는 법이다."

하면서 제 눈썹을 하나 쑥 뽑아 줘. 그걸로 사람을 골라서 장가들라고 말이야.

총각은 죽으려던 마음 고쳐먹고, 그 길로 호랑이와 헤어져 고개를 내려왔어. 내려와서 호랑이 눈썹을 눈에 대고 보니, 아닌 게 아니라 사람이 다 짐승으로 보여. 지난해에 혼삿말이 들어왔다가 틀어진 윗마을 처녀는 암탉이고, 지지난해에 혼인이 될 뻔하다가 깨진 아랫마을 처녀는 고양이야. 그러니까 인연이 아닌 게지.

그렇게 살피다 보니, 건넛마을 고리장이네 과년한 딸이 딱 사람일세. 그래서 당장 그 집으로 중신아비를 보냈지. 중신이 잘 되어 사주가 오가고, 곧 좋은 날을 받아 혼사를 치렀어.

그래서 어떻게 됐느냐고? 어떻게 되긴, 깨가 쏟아지게 잘 살았지. 사람하고 사람이 만났는데 못 살 일이 무어야?

나는 어떤 짐승에 가까울까?

이 이야기는 호랑이 눈썹에 얽힌 신이담으로 우리나라 곳곳에 널리 전해 오는 것이다. 잘 알다시피 호랑이는 우리 겨레의 삶 속에 깊숙이 자리 잡아 온 신령스러운 동물이다. 효자 효녀를 알아보고 도와주는가 하면 사람한테 은혜를 입으면 반드시 보답을 한다. 또 사람 모습으로 곧잘 둔갑도 하고 산신으로서 마을과 집을 지키며 잡귀를 쫓아내기도 한다. 이런 호랑이니 보는 눈이 밝은 것은 당연하다. 어리석은 사람이 미처 못 보는 것도 호랑이는 슬기롭게 알아볼 것이다. 이런 믿음이 호랑이 눈썹 이야기를 낳았다.

그래서 호랑이 눈썹 이야기는 대개 그 효험을 드러내어 말한다. 어떤 이야기는 호랑이 눈썹이 전생의 모습을 보여 준다고 하고, 어떤 이야기는 호랑이 눈썹이 마음속 비밀을 드러낸다고 한다. 어떤 이야기에서는 호랑이 눈썹 뽑아 오기가 풀기 어려운 과제로 등장하기도 한다. 어쨌든 이것은 영험한 물건이며 사람 또는 사물의 보이지 않는 곳을 속속들이 비춰 주는 역할을 한다.

이 이야기에서는 어떤가. 호랑이 눈썹을 눈에 대고 보니 사람이 짐 승으로 보인다. 이 화소는 곱씹어볼수록 의미심장하다. 사람이 짐승 으로 보인다니! 그런데 그게 헛것을 보거나 착각을 일으킨 것이 아니 라 정말 '제대로' 본 것이라는 데 묘미가 있다. 이때 호랑이 눈썹은 겉 으로 보이지 않는 것을 꿰뚫어 보는 슬기로운 안목을 상징한다. 세속 의 눈으로 보면 다 사람으로 보이지만 영험한 호랑이 눈으로 보면 사 람이라고 해서 다 사람이 아니다. 소, 말, 개, 돼지, 닭, 오리, 오소리, 너구리, 고양이, 생쥐, 여우, 늑대……, 이런 짐승의 탈을 쓴 사람도 많 다는 것이다.

우리는 흔히 사람답지 않은 짓을 함부로 하는 사람을 일컬어 "짐승 같다."고 말한다. 어떤 짐승을 빗대어 말하면 큰 욕이 되기도 한다. 그 러니 이 이야기는, 따지고 보면 사람 모두를 모욕하는 것과 같다.

이 이야기가 벌어지는 동안 판에 있던 사람들은 이렇게 생각할 것이 다. '이야기를 하는 나도, 이야기를 듣는 너도 어쩌면 진짜 사람이 아 닐 수도 있다.' 그러다 이윽고 다들 이렇게 믿어 버릴지도 모른다. '우 리는 사람이 아니다. 우리는 모두 짐승이다.' 세상에 이보다 더 충격 받을 이야기가 또 있을까.

이제 우리는 한 가지 의문에 사로잡힌다. 스스로 자신을 모욕하는 이야기가 어찌 전승력을 갖추고 전해 내려올 수 있었을까. 나는 이것 이 옛사람들의 놀라운 통찰력에서 비롯되었다고 믿는다. 옛사람들은 인간의 약점을 너무나 잘 알았다. 겉으로 그럴 듯하게 덮어씌워 놨지만 때가 되면 어쩔 수 없이 드러나는 짐승의 본성을 꿰뚫어 보았던 것이다. 우리는 모두 아차 하는 순간 짐승이 될 수 있다! 그렇다면 어떻게든 이것을 경계해야 한다. 대놓고 "우리는 모두 짐승"이라고 할 수 없었기에, 이 경계의 말은 자연스럽게 이야기 속에 스며들었다. 다만 옛이야기를 하고 있을 뿐이지만, 판에 모인 사람들은 저마다 자신 속에 숨어 있는 짐승의 모습을 발견하고 다스렸던 것이다.

그래서 호랑이 눈썹 이야기는 좀 심각하다. 겉으로는 노총각 장가가는 이야기로 포장되어 있지만 사실은 우리 내면을 진지한 눈으로 살피게 만든다. 우리는 저마다 자신을 향해 묻는다. 나는 어떤 짐승인가? 평소에 욕심이 많았다면 돼지를 떠올릴 것이다. 만약 자신이 세속에 물들지 않아 외롭다고 느낀다면 학을 떠올릴 것이고, 날마다 되풀이되는 일상에 지쳤다면 쳇바퀴 돌리는 다람쥐를 떠올리지 않을까. 그러고 나서 둘레를 돌아봄 직도 하다. "저 사람은 미련스러운 데가 있으니 곰일지도 몰라. 저 사람은 온순하니 양일 거고, 저 사람은 눈망울이 슬퍼 보이는 게 소를 닮았어." 호랑이 눈썹 없이도 우리는 이렇게 사람의 속 모습을 들여다볼 수 있다. 물론 호랑이 눈썹이 없으므로 잘못 보기도 하겠지만.

이 가을, 호랑이 눈썹 이야기를 주고받으며 저마다 자신의 속내를 살피는 기회를 가져 보는 건 어떨까. 성찰이란 진지할 수밖에 없는 일이지만 그렇다고 해서 너무 심각하게는 말고. 장가 못 간 노총각이 짝을 찾는 과정도 즐기면서 말이다.

만약 당신이 아직 짝을 못 찾은 처녀 총각이라면 마음속에 호랑이 눈썹 하나쯤 간직하고 다닐 만도 하지 않은가. 그러다가 운 좋으면 가을이 가기 전에 멋진 배필을 만날지 누가 아나. 사람은 사람끼리, 토끼는 토끼끼리, 사슴은 사슴끼리, 기러기는 기러기끼리……, 아니 뭐 여우와 늑대가 만나도 괜찮은 인연이 될 것 같은데?

세상에서 가장 예쁜 것

옛날에 옥황상제가 한 신하를 불러 명을 내렸것다.

"너는 곧 인간 세상에 내려가 가장 예쁜 것 세 가지를 구해 오너라. 인간 세상은 멀고멀어 가는데 삼 년 오는데 삼 년이 걸릴 것이니 너무 지체하다 돌아오지 못하는 일이 없도록 하여라."

무슨 말인고 하니 하늘 세상과 땅 세상은 엄한 경계가 있어 어느 곳이든 떠나서 칠 년이 지나면 다시 돌아오지 못한다는 법이 있었거든. 가고 오는 데 걸리는 육 년을 빼면 인간 세상에 머무는 동안은 딱 일 년인데, 그사이에 세 가지를 다 구해야지 그렇지 않으면 칠 년 기한을 넘겨 하늘로 못 돌아온다는 얘기지.

신하가 명을 받들고 인간 세상에 내려와 가장 예쁜 것 세 가지를 구하러 다녔는데, 그게 말처럼 쉽지 않더라는 말씀. 무엇 무엇이 예쁘다 소문을 듣고 찾아가 보면 그런 것 같기도 하고 아닌 것 같기도 하고, 또 몇몇 가지 중에 고르려고 보면 이것도 같고 저것도 같고,

당최 알쏭달쏭 오락가락 헷갈려서 정할 수가 없더라나.

그렇게 허송세월하다 보니 열한 달 하고도 스무아흐레가 후딱 지나 이제 마지막 하루가 남았구나. 신하가 가만히 생각해 보니 어찌 됐든 오늘 하루 만에 세 가지를 다 구해야지 그러지 않고서는 옥황상제 명을 어기는 건 둘째 치고 하늘로 돌아가지도 못하게 생겼단 말이야.

'이럴 게 아니라 세상 사람들한테 물어보는 수가 옳다.'

이렇게 생각하고는 곧장 사람들을 찾아 나섰것다.

먼저 글 읽는 선비들이 많이 모인 곳에 가서 물었지.

"선비님들, 세상에서 가장 예쁜 것이 무엇이오?"

그러자 모두들 한입에서 나온 것처럼 대답을 하는데,

"예쁜 것이라면 뭐니 뭐니 해도 꽃이 최고지요."

하기에 꽃밭에 가서 그중 예쁜 것으로 한 송이 꺾어 품에 넣었지.

그 다음에는 젊은 아낙들이 많이 모인 곳에 가서 물었지.

"부인님들, 세상에서 가장 예쁜 것이 무엇이오?"

그러자 모두들 한입에서 나온 것처럼 대답을 하는데,

"예쁜 것이라면 방실방실 웃는 갓난아기보다 더한 것이 없지요."

하기에 엄마 없는 갓난아기 하나 얻어 품에 안았지.

마지막으로 늙은이들이 많이 모인 정자나무 밑에 가서 물었지.

"노인장들, 세상에서 가장 예쁜 것이 무엇이오?"

그러자 모두들 한입에서 나온 것처럼 대답을 하는데,

"우리는 오래 살아 예쁜 것도 많이 봤지요. 하지만 살아 보니 그중 사람이 가장 좋고, 사람 중에는 어머니만큼 예쁜 사람이 없습디다."

하기에 자식 없는 어머니 한 분 모셔다 등에 업었지.

그렇게 세 가지를 다 구해서 하늘로 돌아가는데, 오는 데 삼 년이 걸렸으니 가는 데도 삼 년이 걸리는 법. 더도 말고 덜도 말고 하늘 떠난 지 딱 칠 년 만에 옥황상제 앞에 나아가 세 가지를 내놨것다. 그런데 세 가지 모두 삼 년 세월에 모양이 변할 대로 변했구나.

어떻게 변했는고 하니 꽃은 삼 년 동안 시들어서 말라깽이가 됐고, 갓난아기는 삼 년 동안 자라서 개구쟁이가 됐고, 어머니는 삼 년 동안 늙어서 호호백발 할머니가 됐네그려. 그걸 보고 옥황상제가 하는 말이,

"세 가지 다 예쁜 것은 틀림없으나 그중 어머니가 제일이로구나. 꽃은 시들면서 향기가 없어졌으니 꽃답다 할 수 없고, 아기도 자라면서 귀여움이 덜해 아기답다 하기 어려우나, 어머니는 세월이 갈수록 인자함이 더해 점점 어머니다워지지 않았느냐."

하더라는 이야기.

어머니, 아무리 불러도 싫증 나지 않는 이름

세상에서 가장 아름다운 것이나 소중한 것에 얽힌 이야기는 많다. 그리고 대개 이런 이야기들은 우리가 평소 시답잖게 여기던 것이 알고 보면 가장 소중하다는 말을 하고 있다. 이를테면 보석이 가장 귀한 줄 알았던 사람이 가난해진 다음에야 곡식 소중한 걸 깨달았다든지, 가장 아름다운 꽃이 무어냐는 물음에 장미 모란을 댄 사람들을 물리치고 목화를 댄 처녀가 왕비로 뽑혔다든지 하는 이야기가 그렇다. 가장 멋진 신랑감을 찾아 삼 년을 헤맨 끝에 옆집 총각이 배필임을 알아차렸다는 이야기도 있는 걸 보면, 참으로 사람들은 바로 곁에 있는 평범한 것의 소중함을 모른 채 행복을 찾아 먼 곳을 헤매는 경우가 많은

가 보다.

 동서양을 통틀어 이런 이야기는 사람들에게 깨우침을 주는 잠언과
도 같은 구실을 한다. 그래서 너무 속이 빤히 들여다보이게 이야기가
펼쳐지는 구석도 없지 않다. 도덕 교과서에 실린 예화처럼, 또는 조회
시간에 교장 선생님의 훈화처럼, 이런 이야기는 교훈이 너무 빤히 보
인다. 그래서 재미와 긴장감이 좀 떨어지는 것도 사실이다. 하지만 그
런 것을 다 헤아리고 보아도 아주 쓸모없는 이야기는 아니다.

 이 이야기에서 옥황상제의 신하는 세상에서 가장 예쁜 것으로 세 가
지를 얻었다. 꽃과 갓난아기와 어머니가 그것이다. 선 자리에 따라 사
람들이 귀하게 여기는 바는 다를 테니 썩 그럴 듯한 대목이다. 유유자
적 자연을 즐기는 선비들이라면 꽃을, 손수 아기 낳아 키우는 새댁들
이라면 갓난아기를 가장 예쁘게 여길 것이다. 여기까지는 새롭지 않
다. 그런데 늙은이들은 다른 말을 한다. 뭐니 뭐니 해도 사람이 가장
좋고, 사람 중에는 어머니가 가장 예쁘다는 것이다. 이 대목이 이야기
의 고갱이가 된다.

 나이를 먹을수록 어머니의 소중함을 깨닫는다는 말도 아주 새롭지
는 않다. 나이 많은 노인들이라면 다들 어머니를 여의었음 직한데, 떠
나보내고 나서야 어머니가 새삼 귀한 줄 알겠다면 고개를 끄덕일 만
하지 않은가. 하지만 아무리 그래도 어머니는 '예쁜' 것과는 거리가
멀어 보인다. 꽃은 진한 색깔과 향기로 벌 나비를 유혹하는 만큼 예쁘
다는 말이 잘 어울린다. 방긋방긋 웃으며 재롱부리는 아기도 예쁘다

는 것보다 맞춤하는 말을 찾기 어렵다. 그러나 어머니는, 이미 늙어서 손발 거칠어지고 얼굴에 주름살이 깊은 어머니에게는 예쁘다는 말이 어울리지 않는 것 같다. 그런데도 이 이야기는 굳이 어머니가 세상에서 가장 예쁘다고 말한다.

현실에서 우리 눈은 종종 헛것을 본다. 예쁘지 않은 것을 예쁘게 보거나 아름답지 않은 것을 아름답게 본다. 거꾸로, 정말 예쁜 것을 밉다고 여기거나 참으로 아름다운 것을 추하다고 여기는 경우도 있다. 뒤늦게 자신이 잘못 보았음을 깨닫는 사람도 있고 끝내 참모습을 알지 못한 채 살아가는 사람도 있지만, 어쨌든 우리 눈은 그다지 정확하지 않다. 사람마다 예쁘고 아름다운 것이 다 다르다고 해도 마찬가지다. 우리는 정말 가장 소중하고 귀한 것을 제대로 보고 있을까?

그래서 어머니가 세상에서 가장 예쁘다고 말하는 이 이야기는 새롭다. 어머니가 세상에서 가장 고맙고 소중하다면, 그것이 곧 가장 아름답고 예쁜 것이다. 별 생각 없이 고마운 것과 예쁜 것은 다르다고 말했던 우리는 이 대목에서 눈이 번쩍 뜨인다. 그렇다. 도대체 눈에 보이는 것이 무어란 말인가. 망막에 비치는 것은 다만 겉모습일 뿐이다. 사람들은 흔히 반짝이는 보석을 보고 예쁘다고 말한다. 하지만 그것이 대체 무어란 말인가? 보석이 어떤 의미를 품고 있기에 지금 이 순간에도 우리 걱정을 하고 계실 고향집의 어머니, 또는 하늘나라에서도 자식 잘 되기를 자나 깨나 빌고 있을 어머니보다 예쁘단 말인가.

그래서 어머니는 늙을수록 예뻐진다는 옥황상제의 말에 이제는 확신을 가지고 고개를 끄덕일 수 있다. "그래, 그 말이 옳아. 세상에서 어머니보다 예쁜 것은 없어." 아플 때 이마를 짚어 주는 어머니의 주름진 손보다 더 예쁜 손이 어디에 있을까. 칭얼대는 아이가 잠들 때까지 나직하게 불러 주는 자장가만큼 고운 목소리가 도대체 어디에 있단 말인가. 겨울이 오면 당신 사는 집보다 자식 사는 집에 추위 드는 걸 더 걱정하는 어머니 마음만큼 예쁜 마음이 세상에 있기나 할까.

이 겨울, 세상에서 가장 예쁜 이름인 어머니를 새삼스럽게 한 번 불러 보는 건 어떨까. 달려가 그 따스한 품에 안기며, 아니면 수화기를 들고, 그것도 아니면 먼 하늘을 바라보며 혼잣말로 나직하게……. 그러면 추위도 얼마만큼 가실지 모른다. 그래도 아직 가슴이 훈훈해지지 않았다면 몇 번 더 불러 보아도 좋을 것이다. 그것은 아무리 불러도 싫증 나지 않는 이름이니까. 그리고 만약 당신이 '어머니'로 불리는 사람이라면, 세상에서 가장 따뜻한 품을 만들어 그 이름 부르는 이를 꼭 안아 줘도 좋을 것이다. 잠깐이나마 학업성적과 일제고사와 과외와 영재교육 따위의 헛것일랑 뒤로 밀쳐 두고서 말이다.

새끼 서 발

옛날에 한 총각이 있었는데 숙맥이야. 나이는 장가갈 나이가 차고 넘쳤으면서도 하는 짓은 어린애거든. 아랫목에서 밥 먹고 윗목에서 똥 누고, 그러니까 어머니가 어디 견딜 수 있나.

"이놈아, 다른 집 애들은 네 나이에 장가가서 애도 낳더라만 너는 어째 그 모양이냐?"

성화를 내니까 아들 한다는 말이,

"그럼 어머니, 이웃집에 가서 짚 한 단 얻어다 줘요. 새끼나 꼬게."

이러거든. 그 말이 참 반가워서 얼른 짚 한 단 얻어다 줬어.

그러고 나서 어머니가 밖에 나가 하루 종일 일하고 들어와 보니, 아들이 새끼를 꼬아 놨는데 그게 딱 서 발이야. 짚 한 단으로 종일 꼬았다는 게 달랑 서 발이면서 한다는 소리가,

"한 발 두 발 백 발, 한 발 두 발 백 발……"

이러고 앉았단 말이야. 어머니는 바짝 부아가 나서,

"이놈아, 그것 가지고 당장 나가. 나가서 장가나 들거든 오지, 그 전엔 집에 들어올 생각도 하지 마라."

하고 쫓아냈어. 아들은 하릴없이 새끼 서 발 들고 쫓겨났지.

쫓겨나서 자꾸 가는데, 고개를 하나 넘어가니까 옹기장수가 옹기를 한 짐 지고 와. 달그락달그락 오다가 그만 큰 독 하나를 툭 떨어뜨렸네. 이런, 독에 우지끈 금이 갔어. 금 간 걸 묶으려면 새끼줄이 있어야 되잖아. 마침 총각이 새끼 서 발 둘러메고 가는 걸 보고,

"여보, 작은 독 한 개하고 그 새끼줄하고 바꿉시다."

하거든. 옳다구나 하고 바꿨지. 새끼 서 발이 독 하나가 된 거야.

독을 둘러메고 또 갔지. 고개를 하나 넘어가니까 마을에 우물이 하나 있는데, 웬 새색시가 물동이를 이고 와. 출랑출랑 오다가 그만 넘어졌네. 그 바람에 물동이가 팍삭 깨졌어. 시부모가 알면 쫓겨날지도 모르는 판이지. 마침 총각이 옹기를 둘러메고 오는 걸 보고,

"여보세요, 쌀 한 말 줄 테니 그 옹기 나 주세요."

해서 또 바꿨어. 옹기 하나가 쌀 한 말이 된 거야.

쌀 한 말을 자루에 넣어 둘러메고 또 갔어. 고개를 하나 넘어가니까 이번엔 웬 지게꾼이 뭘 짊어지고 와. 거적에 둘둘 만 것을 짊어졌기에 물었지.

"여보, 그 짊어진 게 뭐요?"

"처녀지요."

처녀라는 말에 귀가 번쩍 띄었어. 어머니가 한 말이 있거든.

"그럼 이 쌀 한 말과 바꿉시다."

해서 바꿨어. 그런데 바꾸고 보니 그게 처녀는 처녀인데 죽은 처녀인 거야. 사실은 지게꾼이 송장을 산에 묻으려고 짊어지고 가던 길이었지. 이제 쌀 한 말이 죽은 처녀가 됐네.

하릴없이 죽은 처녀를 업고 또 갔어. 가다가 날이 저물어서 주막에 들었지. 주막에 들어서 바람벽에다 송장을 기대 놨는데, 주인이 지나다가 건드려서 그만 넘어뜨렸어. 송장이니까 좀 잘 넘어가? 픽 쓰러지는데, 보니까 죽었거든. 주막 주인은 자기가 넘어뜨려 죽은 줄 알고 손이 발이 되도록 빌었지.

"여보게, 내가 모르고 한 일이니 부디 용서해 주게. 대신 우리 딸을 데려가는 게 어떤가?"

그래서 죽은 처녀 대신 산 처녀를 얻었어. 총각은 그 처녀한테 장가들어 보란 듯이 집에 돌아갔지. 가서 어머니 모시고 잘 살았더래.

이게 바로 새끼 서 발이 옹기 하나 되고, 옹기 하나가 쌀 한 말 되고, 쌀 한 말이 죽은 처녀 되고, 죽은 처녀가 산 처녀 됐다는 얘기.

꿈꾸기, 또는 오르지 못할 나무 쳐다보기

옛이야기에는 허두를 떼는 순간 끝이 빤히 내다보이는 것이 많다. 이를테면 "옛날 옛적에 착한 아우와 욕심쟁이 형이 살았지." 하면 끝에 가서 아우는 복 받고 형은 벌 받으리란 걸 누구나 짐작한다. 또 "옛날에 나이 마흔이 넘도록 장가 못 간 총각이 살았는데……." 하면 끝에 가서 이 총각이 예쁜 색시한테 장가들게 되리란 걸 다 안다. 그리고 이야기는 틀림없이 짐작대로 흘러간다.

옛이야기 속에서 행운은 신통하게도 '가장 필요한 사람'에게 '가장 필요한 순간' 어김없이 찾아온다. 마치 미리 약속이라도 한 것처럼. 행운의 전제 조건으로 어려운 과제를 풀어야 하는 경우도 있지만, 이때에도 그리 염려할 필요는 없다. 반드시 그 일에 가장 알맞은 조력자가 나타나 도와주기 때문이다. 주인공이 할 일은 단 두 가지뿐이다. 아무리 어려워도 착한 마음을 잃지 않는 것과 믿음을 갖고 기다리는 것.

이를테면 「콩쥐 팥쥐」에서 콩쥐는 새어머니로부터 도저히 이루기 어려운 과제를 떠안지만 번번이 누군가 나타나 도와준다. 그것도 그 일에 가장 알맞은 능력을 가진 맞춤형 도우미가 나타나는 것이다. 밑 빠진 독에 물을 부을 때는 두꺼비가, 나무 호미로 밭을 갈 때는 암소가, 빈 베틀로 베를 짤 때는 선녀가 나타나 도와주니 이보다 더 안성맞춤이 어디에 있겠는가. 게다가 잔칫집에서 잃어버린 꽃신은 하필이면 감사의 손에 들어가 그의 관심을 끌게 되니, 마치 처음부터 짜고 한 일처럼 보이는 것도 무리는 아니다.

「재주 많은 여섯 쌍둥이」에서 쌍둥이 형제들은 저마다 신통한 재주를 타고나는데, 그 재주가 쓰이는 곳을 보면 입이 딱 벌어질 지경이다. 먼저 눈 밝은 맏이가 곡식 쌓여 있는 곳을 알아내면 힘센 둘째가 그것을 져 나른다. 고을 원이 잡아다 매를 칠 때는 맷집 좋은 셋째가 나서고, 끓는 물에 넣으려 하자 뜨거운 걸 잘 참는 아우가 나선다. 깊은 물에 빠뜨리려 하면 물속을 제 집 드나들 듯하는 막내가 나서고, 쌍둥이들이 구실을 바꿀 때면 자물쇠 잘 따는 아우가 옥문을 열어 준다. 어찌 모든 것이 이리도 신통방통 잘 맞아떨어진단 말인가.

「호랑이 뱃속 구경」도 신통하긴 마찬가지다. 호랑이한테 잡아먹힌 사람들이 죽지도 않고 뱃속에서 돌아다니는 것까진 그러려니 하다가도, 잡아먹힌 사람들이 왜 하필이면 대장장이와 숯장수와 소금장수인지 알고 나면 무릎을 치지 않을 도리가 없다. 호랑이 뱃속에서 고기를 구워 먹으며 잔치판을 벌이자면 여느 사람들이어서는 안 된다. 칼로 고기를 베자면 대장장이가, 숯불을 피우자면 숯장수가, 소금으로 간을 하자면 소금장수가 필요하기 때문이다.

이처럼 옛이야기에서 행운이 찾아오는 방식은 유별나다. 마치 요술이라도 부리듯, "아, 이때 이런 일이 생기면 얼마나 좋을까?" 하는 순간 바로 '이런 일'이 벌어진다. "이때 이런 사람이 나타나면 얼마나 좋을까?" 하는 순간 바로 '이런 사람'이 나타나 도움을 준다.

다시 위 이야기를 살펴보자. 새기면 새길수록 참 신통하다. 처음에 총각이 가지고 나선 새끼 서 발은 그야말로 하찮은 물건이었다. 그걸로 뭘 할 것인가. 그런데 바로 그 하찮은 물건을 절실히 필요로 하는 사람이 때맞춰 나타난다. 그래서 새끼 서 발은 어렵지 않게 옹기 한 개가 된다. 옹기는 새끼 서 발보다야 낫지만 그래도 주인공에게는 아직 쓸모없는 물건이다. 그런데 바로 그 옹기 한 개를 간절히 필요로 하는 사람이 금세 나타난다. 그래서 옹기 한 개는 쌀 한 말이 된다. 끝내 총각이 색시 얻어 장가들 때까지 이런 식의 신통방통한 행운의 출현은 그칠 줄 모른다.

이어지는 화소에는 이런 것도 있다. 고을 원이 색시가 탐나서 총각에게 내기를 건다. 수수께끼 내기인데, 원이 내는 수수께끼는 색시가 귀띔을 해 줘서 다 맞춘다. 총각 차례가 돼서 낸 수수께끼는 이렇다. "새끼 서 발이 옹기 하나가 되고, 옹기 하나는 쌀 한 말이 되고, 쌀 한 말은 죽은 처녀가 되고, 죽은 처녀는 산 처녀가 된 게 뭐냐?" 아무리 난다 긴다 하는 사또라도 이런 수수께끼를 알아맞힐 재주는 없다. 이렇게 해서 총각은 원님 자리까지 차지하게 된다.

이렇게 똑 맞아떨어지는 행운이 어디에 있단 말인가? 현실에서라면 도무지 있을 수도, 있을 법하지도 않은 일이다. 그렇다면 이것은 억지인가? 필연을 우연인 것처럼 꿰맞춘 작위적 설정이어서 부자연스러운가? 그래서 문학성이 떨어지는가? 만약 지은 이야기(창작 동화)라면 그런 나무람을 피할 수 없을지도 모른다. 하지만 이것은 옛이야기이다. 옛이야기는 작위와 비합리의 온상이다. 주인공의 행복을 위해 필요하다면 무엇이든 가능하고 무엇이든 허락된다. 그것은 옛이야기의 특권이자 생명이므로 거기에 딴죽을 걸어서는 안 된다.

주인공이 특별히 착한 사람이 아니란 것도 눈여겨볼 만하다. 이 이야기는 처음부터 권선징악이나 인과응보를 내세운 것이 아니다. '착한 사람'이 복을 받는 것이 아니라 '필요한 사람'이 복을 받는다. 가난한 집 아들, 그것도 '아랫목에서 밥 먹고 윗목에서 똥 누는' 천덕꾸러기야말로 복이 절실하게 필요한 사람이다. 갑자기 하늘에서 떨어지는 뜻밖의 복이 아니고서는 그런 사람에게 성공을 보장할 수 없다.

이 이야기에 불만이 하나도 없는 건 아니다. 왜 처녀의 뜻은 철저히 무시되는가? 총각과 처녀 아버지 사이의 거래만 있을 뿐, 처녀는 혼인 당사자이면서도 전혀 발언권이 없다. 처녀는 오로지 총각의 행운을 위해 존재하는 물건인 듯한 느낌마저 든다. 아무리 주인공의 눈길로 이야기가 진행된다 하더라도 이건 지나치다. 주막 주인이 총각과 거래하기 전에 딸의 뜻을 묻기라도 하면 좋았을 뻔했다.

거듭 말하지만 옛이야기에서 예사로 일어나는 행운은 현실에서는 거의 바랄 수 없는 것이다. 그래서 그것은 허망하고 실없는 꿈일까? 요행수나 바라는? 사실, 우연한 행운을 다룬 옛이야기를 조금 격이 낮은 것으로 보는 견해도 있다. 이를테면 주인공이 뜻을 이루거나 어려움을 이겨 내는 방식을 두 가지로 나누어, 자신의 의지와 노력을 앞세우는 태도를 높이 평가하는 반면 뜻밖의 행운에 기대는 태도를 나약한 운명론으로 보는 것 따위이다.

분명히 굳은 의지와 끊임없는 노력으로 뜻을 이루는 일은 값지다. 거기에 견주면 별 노력도 없이 호박이 덩굴째 굴러오는 식의 행운을 바라는 것은 안이하다. 세상이 반듯하고 건강하다면 틀림없이 그렇다. 하지만 세상이 처음부터 잘못되었다면? 애당초 세상이 불공평하여, 가진 것 없는 무지렁이들은 아무리 애를 써도 안 된다면? 그런 경우에 "열심히 노력하지 않고 요행이나 바라느냐?"고 무지렁이들을 나무라는 건 너무 박절하지 않은가?

사실 옛이야기 주인공들이 공교로운 행운에 힘입어 팔자를 고친다 해도 따지고 보면 별것 아니다. 기껏 가난뱅이가 부자 된다거나 장가 못 간 노총각이 장가를 간다거나 하는 정도이다. 부자가 된다 해도 그저 논 사고 밭 사고 해서 남의 땅 부쳐 먹는 신세를 면하는 것이다. 이런 소박한 꿈마저 꾸지 못하게 해서야 될 말인가. 게다가 이건 말 그대로 꿈일 뿐이다. 현실에서 이런 행운을 얻는다는 건 어림 반 푼 어치도 없다. 그건 이야기를 만든 백성들이 더 잘 알고 있다.

그래서 옛이야기 속에서 우연히 찾아오는 행운은 요행이 아니라 희망이다. 처음부터 불공평한 세상 속에서 가난한 백성들이 할 수 있는 일이라곤 꿈꾸는 일뿐이었다. 상상 속에서나마 꿈을 실현시켜 보고픈 욕망이 이런 이야기를 낳은 것이다. 가진 거라고는 새끼 서 발뿐인 가난뱅이 총각에게 "부지런히 일해서 부자 되어라. 그래서 꽃 같은 색시 얻어 장가들어라."고 말하는 건 속임수에 지나지 않는다. 그것은 마치 요새 가난해서 학원도 못 다니는 아이에게 "부지런히 공부해서 특목고 자사고 들어가거라. 그래서 일류대학 나와 판검사 의사 되어라."고 말하는 것과 같다. 그건 애초에 노력한다고 되는 일이 아니다.

옛날에는 신분이 벽이었다면 요새는 돈이 벽이다. 이제 더는 개천에서 용이 나지 않는다. 힘 있는 사람들은 입만 열면 무한경쟁을 부르짖지만, 그것은 이미 공평한 겨룸이 아니란 걸 알고 하는 소리다. 마치 토끼와 거북의 경주처럼, 약자가 도저히 이길 수 없는 판에서 부지런히 노력하는 일 따위는 허망하다. 뭔가 판을 뒤집을 만한 대단한 행운이 필요하다. 그래서 오늘도 서민들은 복권을 산다.

부자들은 복권을 사지 않는다. 확률의 허실을 알 만큼 영리해서이기도 하지만, 그보다는 요행을 바라지 않고도 얼마든지 돈을 벌 수 있기 때문이다. 권력자들은 꿈꾸지 않는다. 꿈을 꾸기 힘든 만큼 현실감각이 두드러져서이기도 하지만, 그보다는 꿈꾸지 않고도 바라는 것을 얻을 수 있기 때문이다. 이래서 예나 지금이나 행운을 기다리는 것은 가난한 이들의 몫이요 꿈꾸는 일도 힘없는 이들의 몫이다.

오르지 못할 나무는 쳐다보지도 말라고? 아니다. 오르지 못할 나무일수록 열심히 쳐다보아야 한다. 이미 나무 꼭대기에 올라간 사람들이야 밑에 있는 사람들이 올라오지 않기를 바라겠지만, 그래서 아예 쳐다보지도 못하게 하고 싶겠지만, 밑에 있는 사람들한테는 그게 아니다. 어쨌든 올라갈 길을 찾아야 한다. 그래서 쳐다보지도 말라는 따위의 속임수나 으름장에 넘어가서는 안 된다.

나무 위에 있는 사람들은 밑에 있는 사람들이 자꾸 쳐다보면 불안을 느끼고 뭔가 일을 꾸미는데, 그중 고약한 것이 밑에 있는 사람들끼리 싸우게 만드는 것이다. "여기에 빈자리가 있긴 있다. 그런데 너무 좁아서 너희 모두가 올라올 순 없다. 싸워라. 싸워서 이기는 자에게 사다리를 내려 주마." 생존을 건 피 터지는 경쟁은 대개 이렇게 시작된다.

그래서, 나무 밑에 있는 사람들이 함께 살려면 뭉치는 수밖에 없다. "우선 사다리를 내려 다오. 우리 모두 함께 올라가겠다. 빈자리가 좁으면 작게 차지하마." 이렇게 말해야 한다. 그 길만이 모두가 함께 나무 위로 오를 수 있는 길이다. 사실 그것은 나무 위에 있는 사람들이 가장 겁내는 말이기도 하다.

옛이야기 속 행운이 이룰 수 없는 허망한 꿈이라고? 하긴 그럴지도 모른다. 그렇지만, 그렇다고 해서 꿈도 꾸지 말라고 할 것인가? 꿈은 비록 허황하지만, 꿈조차 꾸지 않으면 길은 어디에도 없다.

둘째 마당

세상살이 엿보기

고리장이가 무슨 염불?

시아버지가 만든 효부

삼백 냥의 속임수

문자 쓰는 사위

도사와 한량

떡나무와 꿀강아지

돈귀신 이야기

범 재판, 매 재판

굴속에 들어간 아기장수

고리장이가 무슨 염불?

옛날에 좌수 벼슬하는 이와 천한 백정 고리장이가 한 날 한 시에 죽어 저승길을 가게 되었것다. 여느 옛이야기는 사람이 살다가 죽으면 끝이 나건마는, 이것은 사람이 죽고서야 얘기가 시작되니 별나긴 별나네그려.

어찌 됐든 두 사람이 함께 저승길을 가는데, 한 날 한 시에 죽긴 했어도 이 둘이 살아온 본새를 보면 하나는 하늘이고 하나는 땅이로구나. 좌수는 날 때부터 부잣집 외아들로 나서 금이야 옥이야 떠받들리며 사느라고 평생 고생 한번 안 해 본 사람이고, 고리장이는 애당초 지지리도 가난한 집 천덕꾸러기로 나서 먹기보다 굶기를 더 잘하며 살았으니, 사람이면 어디 다 같은 사람이더냐. 게다가 좌수는 몸도 귀해 생원 진사 참봉 좌수 좋은 감투 다 써 보고 종도 많이 거느려 봤다마는, 고리장이는 백정 중에 상백정 천한 몸으로 나서 평생 누구한테 '하오' 한마디 들어 본 적 없었구나.

어디 그뿐인가. 좌수는 일찍부터 글공부 소리공부에 놀음공부 염불공부까지 많이 해서 읽은 책만 몇 백 권이요 아는 소리도 여러 가지, 하는 놀음도 외는 염불도 가지가지인데, 고리장이는 까막눈이라 낫 놓고 기역자 모르고 아는 소리라야 신세타령, 일하는 게 곧 놀음이요 염불이라고는 나무아미타불 여섯 자도 들어 본 적 없었다네.

사정이 이러하니 저승길 가는 모습도 하늘과 땅 차이지. 고리장이는 맨몸에 헌 잠방이 하나 걸치고 주눅이 잔뜩 들어 좌수 뒤를 졸졸 따르는데, 좌수는 비단옷 떨쳐입고 염주 알 손에 들고 점잖고도 아담하게 염불을 하며 간다. "나무아미타아불 관세음보오살" 그 목청도 좋을시고.

고리장이 들어 보니 그 소리 듣기 좋다마는 난생 처음 들어 보는 것이라 흉내도 못 내겠다. 조심조심 주뼛주뼛 좌수에게 물어봤겠다.

"나리 입에서 나오는 소리가 대체 무슨 소리랍니까?"

"네가 들어 봤겠느냐? 이것이 염불이라고 하는 게다."

"그 염불인지 군불인지를 하면 어떻게 된답니까?"

"죽어서 극락이라고 하는 좋은 데를 가게 되지."

고리장이 들어 보니 극락이 어디인지 알 수 없으나 좋은 곳이라니 귀가 번쩍 뜨이거든.

"그러면 쇤네에게도 한마디 가르쳐 주사이다."

그 청 고이 들어주면 좀 좋을까? 좌수 척 받아서 한다는 말이,

"고리장이가 무슨 염불?"

하고 말았구나. 염불을 하려면 번듯한 사람이 해야지 부잣집 개보다 못한 고리장이가 무슨 염불이냐고 핀잔을 준 것인데, 고리장이는 그게 바로 염불인 줄 알아듣고 '고리장이가 무슨 염불' 아홉 자를 지성으로 외었네그려.

"고리장이가 무슨 염불, 고리장이가 무슨 염불……"

길 가면서도 외우고,

"고리장이가 무슨 염불, 고리장이가 무슨 염불……"

쉬면서도 외우고,

"고리장이가 무슨 염불, 고리장이가 무슨 염불……"

행여 잊을세라 잠시도 쉬지 않고 악머구리처럼 외어 대니, 점잖은 좌수님이 어디 남우세스러워서 같이 갈 수 있나. 그만 혼자서 부리나케 내뺐것다. 뒤따르는 고리장이를 뿌리치고 저만치 앞서니 이제야 되었구나 하고는, 점잖고도 아담하게 "나무아미타아불 관세음보오살" 진짜 염불을 하면서 갔네그려. 고리장이는 하릴없이 저만치 뒤처져서 "고리장이가 무슨 염불, 고리장이가 무슨 염불" 말도 안 되는 염불을 하면서 따라갔지.

드디어 두 사람이 저승에 들어 염라대왕 앞에 나아가니, 염라대왕이 먼저 온 좌수 보고는,

"너는 글을 많이 배워 염불을 반듯하게 잘 했으되 그 공덕은 작은 것이고, 저승길 동무를 뿌리치고 너 혼자 살겠다고 내뺀 것은 그 죄가 무거우니 극락에는 못 가겠다."

하면서 펄펄 끓는 불가마로 보내고, 나중 온 고리장이 보고는,

"너는 비록 엉터리 염불을 했으나 가난해서 못 배운 것은 죄가 아니며, 이승에서 평생 고생을 많이 했으니 저승에서는 호강하는 것이 마땅하다."

하고서 꽃방석에 앉히더라는 이야기.

둘째 마당 세상살이 엿보기

저승길도 같이 가라는데

엉터리 염불에 얽힌 이야기는 많다. 며느리가 엉터리로 가르쳐 준 "저 건너 영감타불"을 밤낮으로 외워서 신선이 되었다는 시어머니 이야기도 있고, 소박맞은 어머니가 "첫째는 평양감사 둘째는 전라감사"를 지성으로 외운 덕에 늘그막에 정말로 감사가 된 아들 형제를 만나 호강한다는 이야기도 있다. 줄거리가 어떻든 다 엉터리 염불을 경계하거나 놀리는 게 아니라 칭찬하고 받들어 주는 이야기다. 이런 이야기에서 진짜 염불을 반듯하게 외운 사람은 오히려 놀림이나 꾸지람의 대상이 된다. 아니, 염불을 엉터리로 외운 사람은 복을 받고 반듯하게 외운 사람은 벌을 받는다니 이 무슨 일인가 말이다. 어찌해서 이런 이야기가 생기게 되었는지 살펴본다.

알다시피 염불이란 부처님 이름이나 불경을 외는 일이다. 그런데 그게 다 어려운 한문 글자로 되어 있다. 그러니 글자를 배우지 못한 백성들에게는 말 그대로 '소귀에 경 읽기' 격일 터. 경 읽는 사람한테야 소가 한심하게 보일지 모르지만, 소가 보기에는 애당초 경 읽는 사람이 글러 먹었다. 소한테는 "이랴"나 "워워" 같은 말을 해야 알아듣지, 한문 글자로 된 경이라니 가당키나 한가. 백성들이 듣기에는, 무슨 뜻인지도 모르는 '진짜 염불' 보다 말뜻이나 알아듣는 '엉터리 염불' 이 더 쓸모 있지 않겠나. 이런 생각이 엉터리 염불 이야기를 낳았을 것이다.

게다가 이 이야기에는 아주 귀한 가르침이 숨어 있다. 저승길도 함께 가라는 것이다. 가난해서 못 배운 건 죄가 아니지만, 저 혼자 살겠다고 길동무를 뿌리치고 혼자 내뺀 건 큰 죄라는 것이다. 참말로 정신이 번쩍 나는 가르침이다. 따지고 보면, 이 이야기에서 죄수가 한 일은 그리 큰 허물이랄 것도 없다. 남을 크게 해코지한 것도 아니요, 남의 재산을 탐낸 것도 아니다. 그저 고리장이에게 염불을 가르쳐 주지 않았을 뿐이고, 엉터리 염불이 듣기 거북해서 자리를 피한 것뿐이다. 그런데 그게 바로 큰 죄라는 것이다.

옛날 사람들은 누구를 막론하고 무엇이든 너무 많이 가지고 있으면 그게 곧 허물이라고 보았다. 재물이든 지위든 지식이든 복이든, 지나치게 많이 가진 사람이 있으면 반드시 너무 적게 가져서 고생하는 사람이 있게 마련이라고 여겼다. 그래서 부자일수록 남에게 베풀어 제 것을 덜고, 귀인일수록 몸을 낮추어 제 것을 줄여야 그 복이 오래간다고 가르쳤다. 요컨대 어떤 길이든 저 혼자 앞만 보고 내달릴 게 아니라, 주위를 돌아보고 길동무와 함께 가라는 것이다. 삶에서 우러난 이 귀한 가르침이 바로 이런 이야기를 만든 동력이 되었다.

이런 옛이야기를 듣다가 요새 우리 사는 세상을 돌아보면 참 씁쓸해진다. 가진 자들의 성은 나날이 벽이 높아지고 문은 굳게 잠겨, 밖에서는 감히 들여다볼 엄두조차 내지 못한다. 앞서는 사람들과 뒤처진 사람들 사이는 점점 더 벌어져, 이제는 이들을 싸잡아 '길동무'라고 부르기도 민망하게 됐다. 같은 땅 디디고 한 하늘 이고 살지만, 마치 딴 세상 사람들처럼 뚝 떨어져 있으니 말이다. 빗대어 말하자면, 요새 고리장이들은 좌수들에게 염불 좀 가르쳐 달라는 말도 못 한다. 하늘을 봐야 별을 딴다고, 도대체 만나길 해야 말이라도 걸어 볼 것 아닌가.

이런 생각을 하다 보니 문득 떠오르는 게 있다. 놀이에 관한 것이다. 윷놀이는 말의 빠름을 다투는 놀이지만, 거기에도 훈훈한 미덕이 스며 있다. 예컨대 앞서 가는 말이 윷판의 마지막 밭 참먹이에 이르면 한 차례 쉬었다. 승리를 눈앞에 두고 뒤떨어진 상대편에게 기회를 주는 아량이요, 승패를 가리는 놀이에서조차 상대를 적이 아니라 길동무로 보는 관대함이다. 거기에 견주면 요새 거의 국민놀이가 된 화투는 참 살벌하지 않은가. 판에 남은 패를 남김없이 싹 쓸어 가면, 미안해서라도 자기 패를 남에게 한 장씩 나누어 줄 법한데, 그게 아니라 오히려 남의 패를 한 장씩 더 빼앗아 가니 말이다. 부익부 빈익빈의 극치라 할 만한데, 어쩐지 오늘날 세태를 빼닮은 듯하여 더 씁쓸하다.

하지만 절망은 아직 이르다. 나 같은 사람이 불평만 늘어놓고 있는 이 순간에도 세상을 바꾸기 위해 말없이 행동하는 분들이 있기 때문이다. 도움이 필요한 곳을 찾아다니며 땀 흘리는 분들, 남을 위해 자신이 가진 것을 기꺼이 내놓는 분들, 그리고 무엇보다 가난한 이들과 약한 이들을 위해 세상의 편견과 틀을 바꾸려고 애쓰는 분들이 있기 때문이다. 이 세상 모든 사람이 함께 걷는 길은, 비록 그 길이 꿈속의 길이라 해도 얼마나 아름다운가.

저승길도 같이 가라는데, 이승길을 왜 같이 못 갈까.

시아버지가 만든 효부

옛날 어느 곳에 홀아비가 하나 살았는데, 젊어서 아내 잃고 아들하나 있는 것 애지중지 잘 키워서 장가까지 번듯하게 보내 났겄다. 비록 홀아비 신세지마는 아들 상투 트는 것 보고 며느리 폐백까지 받았으니 누가 봐도 트인 팔자라. 고생 끝에 낙이 온다더니 늘그막에 호강할 일만 남지 않았나. 하지마는 그건 남의 사정 잘 모르고 하는 소리. 알고 보면 호강은커녕 늙어갈수록 고생문이 훤하니 이 일을 어찌할고.

무슨 사연인고 하니, 늦게 본 외동며느리 성질이 못되어서 하나뿐인 시아버지 대하기를 도붓장수 개 후리듯 한다, 이 말씀. 늘그막에 딴 사람도 아닌 며느리한테 허구한 날 들볶이게 생겼으니 이게 고생이 아니면 뭐가 고생일까. 아닌 게 아니라 며느리 하는 짓을 보니 그놈의 성질머리는 범 아가리에서 나왔는지 사나워도 예사로 사나운 게 아닐세그려. 구박이 아예 입에 붙어서 자면 잔다고 구박, 놀면 논다고 구박, 먹으면 먹는다고 구박, 나가면 나간다고 구박, 시도 때도 없이 구박을 일삼으니 이거 참 환장할 노릇 아닌가.

하루는 아들 며느리 일 나간 사이에 노인네 혼자서 집을 보는데, 건넛마을에서 기별이 오기를 아무개 잔치에 놀러 오라고 그러는구나. 가기는 가야 할 텐데 당최 입고 갈 옷이 있어야 말이지. 바지저고리고 두루마기고 무엇이고 번듯한 옷은 며느리가 죄다 빼앗아 감춰 두고 입으라고 준 옷은 다 해진 누더기뿐이니, 아무리 가고 싶어도 누더기를 입고 어찌 잔칫집에 갈 것이냐.

노인네가 생각다 못해 슬그머니 안방에 들어가서 장롱 문을 열어 봤겠다. 하, 그랬더니 아니나 달라 그 안에 아주 포르르 날아가는 새 옷 한 벌이 착 들어앉아 있거든. 이놈의 것을 좀 빌려 입고 갔다가 며느리 오기 전에 도로 갖다 놓는 수밖에 없다, 이렇게 생각을 하고서는 그 옷을 입고 건넛마을에 갔것다.

가서 잘 먹고 잘 놀았지. 잔칫집에 갔으니 얼마나 놀기 좋을까. 밥이야 술이야 떡이야 주는 대로 받아먹고, 늙은이고 젊은이고 한데 어울려 노느라고 이 어른이 그만 시간 가는 줄 몰랐구나. 어느덧 해가 설핏 기울었는데, 이때 무심코 밖을 내다보니 아뿔싸 이것 참 큰일 났네. 저 멀리서 며느리가 씩씩거리며 달려오는데, 한 손에 몽둥이를 들고 서슬이 아주 퍼렇거든.

"아이고, 내 정신 좀 봐. 며느리 오기 전에 집에 가서 옷을 도로 넣어 놓는다는 것이 노는 데 정신을 팔려 그만 깜빡했네. 며느리 달려오는 품을 보니 화가 나도 단단히 난 것 같은데, 아마 자기 몰래 장롱을 뒤져 옷을 꺼내 입은 것 때문에 그러는 게지. 그나저나 이 일을 어쩌나. 몽둥이 든 품으로 봐서는 아주 큰 소동을 피울 듯한데, 사람 많은 잔칫집에서 남우세스러운 꼴 나게 생겼구나."

고민 끝에 영감님이 꾀를 하나 내서, 잔칫집에 모인 사람들 다 들으라고 큰소리로 외쳤것다.

"여보게들, 저기 저것 좀 보게나. 우리 며느리가 제 시아비 마중을 오네그려. 늙은이가 행여 넘어질까 지팡이까지 챙겨 오지 않나."

그 말을 듣고 동네 사람들이 돌아보니 과연 그 집 며느리가 지팡인지 몽둥인지 작대기 하나를 들고 달려오거든.

"거참 시아버지 모시는 정성이 지극한 며느리로군. 저런 사람을 그냥 보내서야 안 되지."

씩씩거리며 문지방을 넘는 며느리를, 잔칫집 사람들이 우르르 달려들어 꽃방석에 앉히고 잔칫상을 한 상 거하게 차려 대접을 하느라 난리가 났구나.

"세상에 나이도 어린 사람이 어찌 그리 효성스러울 수 있나 그래."

"자네야말로 우리 동네 귀감일세. 많이 들고 천천히 놀다 가시게."

며느리가 얼떨결에 칭찬을 받고 보니 참 무안하거든. 아, 자기는 새 옷 몰래 훔친 시아버지 혼내 주려고 몽둥이까지 꼬나들고 달려온 판인데, 그런 꼴을 보고도 나무라기는커녕 효성스럽다고 칭찬을 해 대니 이게 대체 웬일인가. 어리둥절하기는 하다마는 기분 나쁠 일은 아니란 말씀. 그렇게 온 동네 사람 칭찬을 한 몸에 받고서 새삼 시아버지를 구박할 수는 없는 일 아닌가. 울며 겨자 먹기로 몽둥이를 건네면서,

"아버님, 이 지팡이 받으세요."

하니 시아버지는 한술 더 떠,

"지팡이야 받는다마는, 개울 건널 때 너 전에처럼 날 업어 건널 생각일랑 아예 말아라. 아직은 나 혼자 건널 수 있다."

이러니 어떻게 해? 개울 건널 땐 저도 모르게,

"아버님, 제 등에 업히세요."

하고 말았지.

효도도 알고 보니 버릇이더라고, 한번 그렇게 하고 나니 다음부터는 절로 말씨도 공손해지고 대접도 극진해져서 그 뒤로 얼마 안 가 며느리는 아주 딴사람이 되었다나. 나중에는 둘 사이가 웬만한 부녀 사이보다 더 좋아져서, 집안에 아주 웃음꽃이 끊이지 않더라는 얘기.

윽박지르기와 이끌어 주기

많은 사람들이 효도에 얽힌 옛이야기라고 하면 고리타분하거나 재미없을 거라고 여긴다. 가령, 초등학교 조회 시간에 교장 선생님이 아이들에게 이렇게 말했다 치자. "어린이 여러분, 이제부터 효도에 관한 재미있는 옛이야기를 들려주겠어요." 그럴 때 기대에 부풀어 눈을 반짝이는 건 아직 세상 물정을 모르는 1학년 아이들뿐일 것이다. 2학년만 되어도, 아이들은 대개 그런 말에 시큰둥하게 반응한다. "우리 교장 선생님이 또 잔소리를 시작하시려나 보다." 그리고 이 예상은 거의 빗나가지 않는다. 교장 선생님의 옛이야기는 앞으로 나아갈수록 교훈이 앞서 잔소리처럼 딱딱하고 지루해지는 것이다.

여러분은 들어 본 적 있는가? 자기 살점을 베어 아버지 병을 고친 효자 이야기나 아들을 희생시켜 시아버지를 구한 며느리 이야기, 또는 송아지를 지붕에 끌어올리라는 아버지 명령에 군말 없이 복종하는 자식들 이야기를…… 이런 이야기는 교훈이 담겨 있긴 하되, 솔직히 말해서 썩 재미있다고는 할 수 없다. 왜 그런가?

이야기의 재미는 공감에서 오며, 공감은 이야기꾼과 듣는 이가 같은 자리에 있을 때 쉽게 일어난다. 높은 자리에서 근엄하게 꾸짖는 이야기는 공감하기 힘들고, 따라서 재미를 느끼기도 어렵다. 많은 효자 효녀 이야기가 "부모에게 효도해라. 어떤 경우든, 핑계를 대지 마라. 효도는 자식의 의무이니라." 하고 외친다. 좀 더 심하게 말하면, 이것은 가르침이라기보다 윽박지름이다. 무조건 그렇게 하라는 윽박지름. 여기에 토를 달면 당장 호통이 날아올 것 같지 않은가? 그러니 재미없을 수밖에. 세상 어떤 사람이 자신을 향한 호통과 윽박지름에 재미를 느끼겠는가?

하지만, 효도 이야기라고 해서 다 그런 것은 아니다. 어떤 것은 제법 재미가 쏠쏠한 것도 있고, 어떤 것은 교훈이 겉으로 드러나지 않아 부담 없이 들을 수 있는 것도 있다. 바로 위 이야기가 그렇다. 이야기를 찬찬히 다시 살펴보자. 이야기는 며느리의 효성을 다루되, 시점은 처음부터 며느리가 아니라 시아버지에 머물러 있다. 거기에 무슨 의미가 있느냐고? 이야기가 말을 거는 대상이 자식이 아니라 부모라는 것이다. 자식에게 "효도해라." 가르치는 것이 아니라 부모에게 "자식을 효자로 만들어라." 일깨우는 것이다.

이 이야기의 고갱이는 시아버지와 며느리의 갈등이다. 그리고 갈등의 원인은 며느리한테 있다. 성격이 사나워 사사건건 시아버지를 구박하는 며느리가 중심에 떠올라 있지만, 이야기는 짐짓 며느리를 외면하고 시아버지에게 말을 건다. "며느리한테 효도 받고 싶은가? 그러면 당신이 먼저 며느리한테 잘해 줘라." 그리고, 바로 그렇게 한 결과 갈등이 풀렸다. 고갱이는 바로 이것이다. 효도를 자식의 끝없는 의무요 거룩한 희생이라고 말하는 대신, 효도도 고만고만한 사람 관계일 뿐이라고. 효도를 수직의 복종 개념으로 본 것이 아니라, 수평의 화해 개념으로 본 것이다.

세상에는 한때 "남편 사랑은 아내 하기 나름"이라는 시쳇말이 떠돌더니, 이내 "시어머니 사랑은 며느리 하기 나름"이라는 말까지 뒤따라 나온 적이 있다. 그런데, 아무리 기다려도 "며느리 효도는 시어머니 하기 나름"이라는 말은 안 나오더라. 그 대신 요새 시어머니를 멀리하는 며느리를 비꼬는 우스개가 쏟아져 나오는데, 암만 좋게 보아도 거기에 비아냥거림 이상의 뜻이 들어 있는 것 같지는 않다. 부모 자식 사이를 수직 관계로 보면 그럴 수밖에 없다. 부모와 자식을 평등한 인격체로 보면, 어느 한쪽의 비위 맞춤을 강요하는 논리나 비위 맞추지 않음을 비꼬는 우스개는 나올 수 없기 때문이다.

모든 사람을 위아래로 줄 세워 놓고, 아랫사람더러 윗사람에게 복종하라고 윽박지르거나 비위 맞추기를 강요하는 사회는 건강한 사회가 아니다. 우리가 봉건시대라고 얕보는 옛날에도 모든 사람을 평등하게 보는 건강한 시선이 있었고, 그런 시선이 좋은 옛이야기를 만들어 냈다. 하물며 너나없이 민주시대라고 일컫는 오늘날임에랴.

이 글을 읽는 세상의 부모님들에게 감히 제안한다. 이제부터 아이들이 뭘 잘못하면 덮어놓고 꾸짖는 대신 나 자신을 먼저 돌아보자고. 그리하여 혹시 나 자신에게 문제가 있다면 그것을 솔직히 인정하고 조금씩 고쳐 나가자고. 우리 아이들은 어느 날 갑자기 다른 별에서 날아온 외계인이 아니다. 우리가 만든 환경 속에서, 우리가 하는 말과 몸짓을 거울삼아 자라나는, 또 다른 우리일 뿐이다.

삼백 냥의 속임수

옛날 어떤 고을에 원이 하나 있었는데, 이 원이 참 글겅이질에 이골이 난 위인이라. 허구한 날 백성들을 들들 볶아 긁어먹으니 그 거둬들이는 이름도 갖가지로구나. 삼수미 별수미 결작 어세 당량 모량 작지 잡비 역가 공가에다 군포다 환곡이다 인정미다 진상품이다, 시도 때도 없이 백성들 등을 쳐 먹네그려.

도둑질에도 염치가 있고 분탕질에도 정도가 있어야 하는 법인데, 이건 도무지 염치도 없고 정도도 없으니 어디 견딜 재간이 있나. 참다못해 백성들이 들고일어나 원을 쫓아낼 지경에 이르렀겠다. 흰 옷 입은 백성들이 지게 작대기 빨래 방망이 도리깨 홍두깨를 꼬나들고 우르르 동헌으로 몰려가 사또 물러나라고 고함을 치니 일이 나긴 났구나. 보통 사람 같으면 바짓가랑이 움켜잡고 줄행랑을 놓았을 터인데, 이 원으로 말할 것 같으면 배포가 큰 건지 낯짝이 두꺼운 건지 눈썹 하나 까딱 않고 태연히 동헌 마루에 앉아 있으니 웬일인가.

드디어 원이 성난 백성들을 보고 슬슬 구슬리기를

"이보게들, 내 말 좀 들어 보소. 자네들도 귀가 있으면 들었으려니와, 요새 벼슬아치를 어디 인품 보고 재주 보고 뽑는다던가. 다 갖다 바치는 돈바리 보고 감사도 주고 원도 주고 하지 않던가. 조선 팔도에 돈 안 들이고 벼슬자리 꿰찬 놈 있으면 어디 나와 보라지. 나도 이 고을 살러 올 때 서울 세도가에 팔백 냥을 뇌물로 바치고 벼슬을 사 왔다네. 시세보다 싼 값이지. 낸들 어디 천석꾼으로 살았던가 만석꾼으로 살았던가. 빚도 내고 세간도 팔아 있는 돈 없는 돈 긁어모아 바치고 이 자리 하나 사서 왔다네. 아, 그러니 딴 건 몰라도 본전은 뽑아야 할 것 아닌가. 내 여태 그 본전 뽑으려고 아등바등하다 보니 자네들한테 못할 짓도 했나보이. 대충 셈을 놓아 봐도 도임 뒤로 그럭저럭 한 오백 냥 긁어모았으니, 앞으로 더도 말고 덜도 말고 삼백 냥만 더 모으면 본전이라네. 내 다른 욕심 없는 사람일세. 본전 팔백 냥만 거둬들이면 그 다음부터는 끽소리 않고 얌전히 지낼 것이니, 속는 셈치고 한번만 봐주시게. 아, 자네들도 머리가 있으면 생각을 한번 해 보시게나. 지금 나를 쫓아내면 새 원이 올 텐데, 그 원은 어디 가만히 있겠는가. 가만히 있으면 그게 허수아비지. 누가 오든 간에 못 줘도 천 냥, 많으면 몇 천 냥까지 뇌물로 바치고 벼슬을 사 왔을 테니 그 본전 뽑으려고 설쳐 댈 것이 뻔하지 않나. 신관한테 새로 몇 천 냥 뜯길 텐가, 아니면 국으로 나한테 삼백 냥 더 뜯기고 말 텐가. 굳이 나를 쫓아내려 들면 못할 일도 아니네만, 조금만 머리가 돌아가는 사람이라면 그런 짓은 아니할 걸세. 잘 생각해 보시게나."

이러고 올러대는데, 백성들이 듣고 보니 몹시 헷갈리는구나. 어찌 들으니 빈말 같고 어찌 들으니 참말 같고, 해서 웅성웅성 의논 끝에 "에라 모르겠다, 구관이 명관이라는 말도 있잖느냐. 노루를 피하면 범이 나오더라고 딴은 그럴 듯한 말이 아니냐." 하고 원을 쫓아내려던 마음을 접고 그냥 고을에 살게 놔두었다는 이야기.

권력은 어떻게 백성들을 속이는가?

참으로 기가 막히는 이야기다. 옛날 벼슬아치들의 썩은 짓이 얼마나 심했으면 이런 이야기가 다 나올까. 그러고 보니 벼슬 사고파는 일에 얽힌 이야기는 별나지도 드물지도 않다는 걸 알겠다. 이런 이야기가 어디에서나 약방의 감초처럼 빠지지 않고 전해지는 걸 보면 그렇다. 그 가운데 흔한 축에 드는 「땅벌군수」의 줄거리는 이렇다.

어느 시골 선비가 부치던 논밭 뙈기를 다 팔아 마련한 돈을 가지고 서울 세도가를 찾는다. 그 돈을 바치고 벼슬 한 자리 사려 하지만, 욕심쟁이 대감은 돈만 먹고 벼슬은 주지 않는다. 돈을 더 많이 갖다 바쳐도 매한가지다. 드디어 살림이 거덜 난 시골 선비는 꾀를 내어 땅벌이 가득 든 뒤웅박을 대감에게 선사한다. 아주 희귀한 보약이니 밤중에 좌우를 물리고 혼자 드시라는 말과 함께. 그 말대로 한 대감은 땅벌에 쏘여 온몸이 퉁퉁 붓고 말도 못하는 처지가 된다. 대감은 시골 선비를 보자 손가락질을 하며 용을 쓰지만, 그 집 식구들은 그것을 벼슬자리 주라는 뜻으로 알아듣고 시골 선비에게 군수 벼슬을 줬다는 얘기다.

이 이야기에서 우리 눈길을 끄는 것은 벼슬 사고팔기가 전혀 나무람의 대상이 되지 않는다는 것이다. 잘못은 돈을 먹고도 벼슬을 안 준 대감에게 있지, 벼슬을 사려고 한 시골 선비에게 있지 않다. 선비는 오히려 가엾은 피해자에 지나지 않는다. 옛날 사람들의 윤리의식이 흐려서 그렇다기보다는 그만큼 매관매직이 일상화되었다고 보는 편이 옳다. 이 틈바구니에서 고생하는 것은 물론 밑바탕 백성들이다.

벼슬을 사고파는 일은 어차피 백성들과는 상관없는 일이다. 농사짓고 먹고사는 백성들 눈으로 보면 양반들끼리 벼슬자리를 팔든 사든 내 일이 아니지 않은가. 말하자면 제삼자인 셈이다. 그러니 돈으로 벼슬을 사고자 하는 선비보다는 뇌물을 먹고도 벼슬을 안 주는 대감이 더 나쁘게 보이는 건 당연하다. 이 경우 시골 선비는 세도가에 견주어 약자이므로, 그에게 동정의 눈길이 닿는 것도 무리가 아니다.

하지만 그 벼슬아치가 우리 고을 원님이 됐을 때는 문제가 달라진다. 이제는 매관매직 같은 썩은 짓도 남의 일이 아니다. 당장 땀 흘려 농사짓고 고기 잡은 것을 빼앗기는 처지이니 절박하게 된 것이다. 위와 같은 이야기는 바로 이 지점에서 시작된다. 벼슬 사고팔기, 뇌물 주고받기와 같은 양반들의 나쁜 버릇이 백성들을 향한 가렴주구로 이어진다는 사실을 깨달은 것이다. 하지만 여기가 또한 백성들의 새로운 고민이 시작되는 곳이기도 하다.

위 이야기를 다시 살펴보자. 어느 누가 원으로 와도 글겅이질은 변함없을 것이니, 차라리 나한테 적게 뜯기고 마는 게 어떻겠냐는 능청스러운 원의 설득은 언뜻 그럴 듯해 보인다. 이미 벼슬자리가 돈으로 거래되는 걸 숱하게 봐 온 백성들로서는 귓등으로 흘려들을 수 없는 제안이기도 하다. 그러나 바로 이것이 교묘한 속임수이다. 나쁜 현실을 은근슬쩍 기정사실로 만드는 술수, 자기네 손으로 망쳐 놓은 것을 마치 움직일 수 없는 환경인 것처럼 보이게 하는 권력의 잔꾀다.

만약 백성들이 처음에 마음먹은 대로 그 원을 쫓아내고 새로운 원을 맞아들인다면, 비록 쉽지는 않겠지만 현실을 바꿀 수도 있을 것이다. 깨끗한 원이 들어와 글경이질을 멈출 수도 있고, 그런 일이 되풀이되면 세상이 아주 바뀔 수도 있다는 말이다. 하지만 이 이야기에서처럼 원의 꾐에 넘어가 현실을 내버려 두는 한 아무것도 바꿀 수 없다. 백성들은 원이 갈릴 때마다 그저 이번에는 제발 '싼값에 벼슬을 산' 치가 와서 조금이라도 덜 거둬 가기를 바랄 뿐, 희망을 버린 채 좌절과 무기력 속에서 살아가야 한다. 이것이 권력이 바라는 바이다.

그 옛날 일제가 힘으로 우리나라를 빼앗았을 때도 그와 비슷한 논리가 동원됐다. 조선은 힘이 없어서 어차피 누군가에게 먹히게 돼 있으니, 그나마 '좋은 이웃'인 자신들에게 지배되는 걸 다행으로 알라는 것이었다. 그리고 놀랍게도 그 논리는 식자층을 중심으로 제법 설득력을 얻으며 퍼져 나갔다. 요즘에 와서는 우리 눈과 귀를 지배하고 있는 거대한 자본 권력이 그렇게 말한다. "세상은 이미 우리 손안에 있다. 어차피 자본에 기대어 살 수밖에 없다면, 세상을 바꾸려 할 게 아니라 우리에게 자비를 구하는 게 옳다. 그리고 당신들이 말을 잘 듣는 한 우리는 약간의 자비를 베풀 용의가 있다." 그리고, 많은 사람들이 긴가민가하면서도 그 말에 귀를 기울이며 중얼거린다. "그래, 혹시 시장이 우리를 구원해 줄지도 몰라."

힘센 자들은 잘못된 현실이 바뀌는 걸 원치 않는데, 그 까닭은 잘못된 현실로 말미암아 덕을 보기 때문이다. 이들은 세상이 바뀌는 것을 두려워하기 때문에 끊임없이 현실론을 앞세워 이상론을 매도한다. 좀 더 나은 세상을 만들기 위해 애쓰는 사람들을 마치 철이 없어 세상 물정 모르고 설치는 것처럼 몰아세우며, 비뚤어진 현실을 따르는 것이 더 현명하다는 교묘한 논리를 내세운다. 이것은 현실의 헌데를 일부나마 고쳐 보려는 꿈마저 빼앗아 버리는 무서운 속임수이다.

문제는 세상의 약자들이 이러한 속임수에 쉽게 넘어간다는 데 있다. 위 이야기도, 바로 그렇게 교묘한 권력의 말재주에 속아 넘어가는 백성들의 어리석음을 경계하려고 만든 것 같다. 이런 이야기는 가벼운 우스개처럼 꾸며져 있어서 듣고 웃어넘기면 그만일 것 같지만, 듣는 이는 겉으로 웃음을 흘리면서도 속으로는 못내 찜찜하고 불편할 것이다. 백성들의 결정이 뭔가 개운치 않다는 것을 누구나 느끼기 때문이다. "뭔가 이상한데…… . 대체 뭐가 잘못된 거지?" 이렇게 되물으며 좀 더 고민해 보라는 것이 이 이야기의 속뜻 아닐까?

문자 쓰는 사위

옛날 어느 곳에 한 사람이 있었는데, 이 사람이 한문깨나 좋이 읽어 어려운 문자 쓰는 데 아주 이골이 난 위인이라. 나이 차서 장가를 드니 남의 집 사위 되매, 한번은 볼일로 처가에를 갔것다. 가서 하룻밤을 묵게 됐는데, 그날따라 처가에 손님이 많아 따로 내줄 방이 없었구나. 하릴없이 사랑에서 장인과 함께 잠을 잤던 것이다.

잠을 자다 보니 갑자기 범이 나타나서 잠자던 장인을 물어 가네그려. 아, 멀쩡한 두 눈 번히 뜨고 장인이 범의 아가리에 물려 가는 걸 봤으니 어쩔 텐가. 혼자 힘으로 범을 당할 수는 없으니 동네 사람들을 부르는데, 아니 이런 우라질 꼴을 봤나. 그 판국에 문자를 잔뜩 써서 소리를 질러 댔구나.

"남산맹호가 북촌래하여 오지장인을 착거지하니, 유총자는 지총래하고 유창자는 지창래하고 유궁시자는 지궁시래하되, 무총무창무궁시자는 지장래하라. 속속래구요 속속래구요."

이렇게 머리부터 꼬리까지 문자치레로 사설을 늘어놓으니 뜻인즉
"남산의 사나운 범이 북촌에 와서 우리 장인을 잡아가니, 총 있는 사
람은 총 들고 오고 창 있는 사람은 창 들고 오고 활 있는 사람은 활
들고 오되, 총도 없고 창도 없고 활도 없는 사람은 몽둥이를 들고 오
너라. 빨리 와서 구해 다오, 빨리 와서 구해 다오." 이런 뜻이거든.
뜻이 이렇다마는 누가 알아들으리오. 마을 사람들이 잠결에 들어 보
니 밖에서 누가 무슨 소리를 버럭버럭 지르기는 하는데, 당최 악머구
리 우는 소리 같아서 무슨 말인지 한마디도 알아들을 수 없거든. 그
런 소릴 듣고 어느 실없는 사람이 오겠는가. 그래 그만 장인은 속절
없이 범한테 물려 가 버리고, 사위는 목만 잔뜩 쉬어서 먼 산만 쳐다
보고 있지 뭐, 다른 수가 없잖아.

이튿날 날이 밝자마자 이 사위가 관가로 가서 억울함을 고했는데,
말하자면 간밤에 그리도 목이 터져라 외쳤건만 코빼기 하나 안 내비
친 야속한 마을 사람들을 원에게 일러바치는 송사지.

"소생이 간밤에 이러저러한 일로 마을 사람들한테 도움을 청했는
데 한 사람도 안 오더이다. 어찌 이럴 수 있단 말입니까?"

이 말을 들은 원이 사령들을 보내 그 마을 사람들을 몽땅 잡아들였
구나. 동헌 뜰이 그득하게 잡혀 온 사람들을 보고 원이 호령을 한다.

"너희들은 어찌하여 이웃이 범에게 물려 가도 본 체 만 체했더냐?
세상에 이런 야박한 인심이 어디에 있단 말이냐?"

"우리는 정녕 이웃이 범에게 물려 가는 것을 알지 못했습니다. 알
고서야 어찌 가만히 있었겠습니까?"

"어허, 저 사람이 분명히 크게 소리쳐 알렸다는데, 그 말을 듣지
못했다는 것이냐?"

"듣기는 들었습니다."

둘째 마당 세상살이 엿보기

"듣고도 몰랐다는 게 말이 되느냐?"

"사또, 송구하오나 저 사람이 간밤에 뭐라고 소리쳤는지 한번 물어 주십시오."

원이 사위를 돌아보고 묻는다.

"그래, 자네는 간밤에 뭐라고 소리쳤는가?"

"예, 이렇게 소리쳤습지요. '남산맹호가 북촌래하여 오지장인을 착거지하니, 유총자는 지총래하고 유창자는 지창래하고 유궁시자는 지궁시래하되, 무총무창무궁시자는 지장래하라. 속속래구요 속속래구요.' 이렇게 말입니다."

원이 그만 기가 탁 막혀 웃음조차 아니 나온다.

"아니, 이런 고약한 사람을 봤나. 장인이 범한테 물려 가는 판국에 문자를 써? 그래 놓고도 제 잘못을 모르고 애꿎은 마을 사람들을 탓한단 말이냐? 여봐라, 저 사람 정신이 번쩍 들도록 곤장 석 대만 갖다 안겨라."

"예이."

사령들이 달려들어 사위를 형틀에 묶고 볼기에다 곤장 석 대를 치니, 저 사위 꼴 좀 보소. 엎어져서 볼기를 맞으면서도 문자 쓰는 버릇을 못 고치고, 또 그 악머구리 우는 소리를 내는구나.

"에구에구, 개과천선하여 차후로는 불용문자하오리다."

뜻인즉 "에구에구, 잘못을 고쳐 앞으로는 문자를 쓰지 않겠습니다." 이런 뜻이니, 이걸 뭐 어떻게 한단 말인가. 병도 이 지경에 이르면 화타 편작이 와도 손을 못 쓸 테니 무슨 말을 더하랴. 이쯤 되니 원도 마을 사람들도 그만 두 손 두 발 다 들고 나가떨어지더라는 이야기.

소통하는 말, 억압하는 말

이 이야기는 공연히 어려운 문자 쓰기 좋아하는 사람을 비꼬려고 만든 것으로, 우리나라 곳곳에 꽤 널리 전해지는 우스개 중 하나다. 옛날에 농사짓고 고기 잡던 백성들은 대개 글을 몰랐으며, 따라서 양반들의 전유물이라 할 수 있는 문자 따위에 호의를 느낄 리 없었다. 사시사철 땀 흘려 일해야 하는 백성들 처지에서 보면, 밤낮 '공자왈 맹자왈' 뜻도 모르는 소리만 지껄이며 노는 양반들이 상당히 아니꼽기도 했을 것이다. 바로 이런 정서가 이 같은 이야기를 낳았다고 보면 된다.

비슷한 이야기로 이런 것도 있다. 옛날에 어떤 농사꾼이 선비와 글자 알아맞히기 내기를 했다. 까막눈인 농사꾼은 당연히 선비가 내는 한문 글자를 알지 못하고, 선비한테서 "하늘 천 땅 지 아비 부 어미 모 자도 모르면 사람도 아니라."는 욕을 당한다. 이어 농사꾼은 선비에게 묻는다. "빨갛고 예쁘고 말랑말랑한 자는 무슨 자요? 해와 함께 나왔다가 구름과 같이 들어가는 자는 무슨 자요? 비 올 때 도롱이 쓰고 논에 들어가는 자는 무슨 자요?" 당연히 선비는 꿀 먹은 벙어리가 되고, 농사꾼은 태연하게 말한다. "오미자, 그림자, 논임자도 몰라서야 사람도 아니지."

요새도 어려운 문자 쓰기 좋아하는 사람이 있다고 하면 다들 웃을 것이다. 하지만 그건 사실이다. 다만 요새는 한자 말이 아니라 서양 말로 된 문자를 쓴다는 점이 다를 뿐이다. 그게 무슨 말이냐고? 다음 문장을 보아라. "이번 행사는 최신 비즈니스 애플리케이션 동향을 전달하고 비즈니스 최적화를 위한 방안으로 ○○○애플리케이션 통합 아키텍처를 소개하기 위해 마련된 것이다. 업종별 레퍼런스 모델과 프로세스 통합 패키지, 서비스 기반 아키텍처를 사용함으로써 애플리케이션 종류에 관계없이 통합된 산업 프로세스를⋯⋯." (어느 일간신문에서) 이것이 '문자' 가 아니면 무엇이 문자란 말인가?

본디 말은 소통을 위해 태어났다. 알아듣지 못하는 말은 따져 보면 말이라고 할 수 없다. 그런데도 몇몇 사람들은 남이 알아듣지 못하게 말하는 것을 자랑으로 여긴다. 설마 그렇겠느냐고? 다음 글을 보아라. "이들 컬렉션은 컨스텔레이션의 가장 중요한 특징 중 하나인 베젤을 감싸고 있는 4개의 클라우를 모티프로 한 그리프 라인, 씨마스터 다이얼의 물결을 모티프로 한 아쿠아 라인, 오메가의 로고를 모티프로 한 오메가매니아 라인, 오메가의 제품들에서 흔히 볼 수 있는 별을 모티프로 한 세드나 라인이었으며 이번 컬렉션은 오메가 파인 주얼리의 모든 컬렉션을⋯⋯." (어느 여성잡지에서) 만약 소통이 목적이라면 이런 식으로는 말할 수 없을 것이다.

이쯤에서 혹시 이렇게 되묻는 사람이 있을지 모른다. 어차피 말이란 모든 사람들과 완벽하게 소통할 수 있는 게 아니니, 끼리끼리 알아들으면 그만 아니냐고. 하긴, 절반은 맞는 말이다. 하지만 자꾸 그러다 보면 끝내 말이 사람들을 갈라놓게 된다. 귀족 말과 서민 말, 어른 말과 아이 말, 학자들 말과 농사꾼 말이 서로 알아들을 수 없는 지경에 이를 것이고, 그렇게 되면 말의 세계에서 약자들은 모두 '삼등국민'이 되고 말 것이다. 옛날부터 어려운 문자는 못 배운 사람들을 끊임없이 기죽여 왔고, 그것이 소통이 아니라 억압을 위한 도구로 쓰인 걸 보면 틀림없이 그렇다.

더 설명이 필요한가? 일찍이 권세와 부를 가진 이들은 자기들이 쓰는 말이 백성들 말과 똑같아서는 권위가 서지 않는다고 여겼다. 그래서 백성들이 다 아는 토박이말을 버리고 일부러 백성들이 모르는 남의 나라 말을 가져다 썼다. 그 남의 나라 말이란, 조선 시대까지는 한자 말이었고 일제강점기 때는 일본 말이었으며 요새는 미국 말이다. 그 틈바구니에서 우리말은 나날이 짓밟히고 천대 받아 왔다. '홀어미'는 궁상맞고 '미망인'은 고상해 보이는 까닭이, '껄렁패'는 잡스럽고 '터프가이'는 멋있어 보이는 내력이 바로 여기에 있다.

혹 어떤 이는 이렇게 말할지도 모른다. 소통만을 목적으로 하면 누구나 알아들을 수 있는 쉬운 말만 해야 하는데, 그렇게 되면 말이 점점 오그라들어 결국 저급해지고 말 것이라고. 그것은 아주 틀린 말이다. 생각해 보아라. 그 어려운 말이라는 게 고작 남의 나라 말 아니면 일부러 비비 꼬아 만든 억지스러운 말이다. 그런 것을 없애면 말은 오그라드는 게 아니라 오히려 깨끗해진다. 그리고 무엇보다도 이 세상에 저급하거나 고급한 말은 없다. 오직 그 속에 담긴 생각이 우뚝하거나 천박할 뿐이지.

이왕에 '문자' 이야기를 시작했으니 사족 한마디 더 달고 말을 맺을까 한다. 혹시라도 이 이야기를 듣고 나서 이렇게 말하고 싶어 할 사람은 없을지 모르겠다.

"아, 이 스토리는 팩트라기보다는 픽션일 개연성이 아주 높아. 유머와 아이러니를 적당히 믹스했지만 패러다임이 하이클래스하다고 하기는 어려워. 컨텐츠가 그다지 센서블하지 못하다는 거지. 젊은 세대의 센스에 어필하려면 좀 더 쿨한 캐릭터가 필요해."

하지만 여러분은 이런 말 듣더라도 절대로 기죽지 말기 바란다. 이건 다만 잘난 체하려고 가져다 붙인, 별 뜻도 없는 '문자'일 뿐이니까.

도사와 한량

옛날 옛적 어느 부잣집에 참 팔자 좋은 한량이 하나 있었겠다. 날이면 날마다 산해진미, 만반진수로 배불리 먹고 철이면 철마다 비단 공단, 항라모시로 치장을 하고 살다 보니 세월 보내기가 심심하거든.

신기하고 재미난 것을 찾던 중, 하루는 듣자니 강원도 금강산에 영험한 도사가 산다는 말을 들었구나. 옳다구나, 이럴 게 아니라 그 도사를 찾아가 도술이나 배우는 것이 수 중에 상수로다. 그 길로 금강산에 들어가 여러 날을 헤맨 끝에 도사를 만났것다.

"도사님, 저에게 도술을 가르쳐 주십시오."

"도술을 배우겠다고? 그걸 왜 배우려고 하는가?"

"세월 보내기 심심하여 세상에 신기하고 재미난 것 찾다 보니 도술만큼 좋은 것이 없을 것 같아 그럽니다."

"예끼, 이런 썩어 빠진 놈을 봤나. 세상에 힘들여 일하는 사람이 얼마나 많거늘, 너는 빈둥거리는 데 질려 도술을 찾는단 말이냐? 죄

둘째 마당 세상살이 엿보기

가 몹시 크고 무거우니, 그 죄 씻기 전에는 얼씬도 마라."

"그럼 저는 도술을 못 배우는 것입니까? 무슨 방도가 없나요?"

"죄를 씻으려면 앞으로 십 년을 쉬지 않고 일하되, 세 끼 건너 한 끼 먹고 사흘 건너 한 번 자고 석 달 건너 하루 쉰다면 모를까, 그러기 전에는 어림도 없다."

이 한량, 그날부터 남의 집 머슴으로 들어가 세 끼 건너 한 끼 먹고 사흘 건너 한 번 자고 석 달 건너 하루 쉬며 죽어라고 일을 했네. 드디어 십 년이 지나 다시 도사를 찾아갔것다.

"도사님 말씀대로 세 끼 건너 한 끼 먹고 사흘 건너 한 번 자고 석 달 건너 하루 쉬며 십 년 동안 일하고 왔습니다. 이제 도술을 가르쳐 주십시오."

"그것으로 빈둥거린 죄는 씻었다마는 너는 본래 부자로 살지 않았느냐? 그 죄도 크고 무거워서 안 되겠다."

"아니, 부자로 산 것도 죄랍니까? 남한테 해 끼친 일 없이 내 돈 내가 쓰고 살았는데도요?"

"이놈아, 세상 재물은 한도가 있어서 누구든지 지나치게 많이 가지면 반드시 모자라는 사람이 생기는 법이다. 그게 어찌 죄가 아니라 한단 말이냐?"

"그럼 나는 어찌하면 좋습니까?"

"앞으로 십 년을 비렁뱅이가 되어 떠돌면서 홑옷 한 벌로 사철을 난다면 모를까, 그러기 전에는 어림도 없다."

한량이 그날부터 비렁뱅이가 되어 떠돌면서 홑옷 한 벌로 사철 나기를 십 년 동안 하고 보니 세상에 이런 몰골이 없구나. 거지 중에도 상거지가 돼서 다시 도사를 찾아간다.

"도사님 말씀대로 비렁뱅이 되어 떠돌면서 홑옷 한 벌로 사철 나기를 십 년 동안 했습니다. 이제 도술을 가르쳐 주십시오.”

“그것으로 부자로 산 죄는 씻었다마는 아직 다른 죄가 남아 있어서 안 되겠다.”

“아니, 또 무슨 죄가 남았다고 그러십니까?”

“네가 비렁뱅이로 떠돌 적에 남의 논에 나락 이삭 한 움큼을 훑어 먹은 적이 있지 않느냐? 농사꾼이 피땀으로 가꾼 곡식을 훔쳐 먹은 건 죄 중에서도 큰 죄이니라.”

“그럼 나는 이제 어찌하란 말입니까?”

“어찌하긴 뭘 어찌해? 소가 되어 남의 농사일을 십 년 동안 해 주면 모를까, 그러기 전에는 어림도 없다.”

도사가 지팡이 한 번 휘둘러 한량을 소로 만들어 주니, 그날부터 한량은 남의 집 소가 되어 때리면 맞고 차면 채이고 온갖 설움 받으며 일하기를 십 년 동안 했것다. 십 년을 채워 도로 사람이 되고 보니 그 사이에 검은 머리 백발 되고 곧은 허리 굽어 가고, 그 좋던 청춘이 어느새 늙은이가 되었구나. 그 몰골로 다시 도사를 찾아간다.

“도사님 말씀대로 소가 되어 남의 농사일을 십 년 동안 해 주고 왔습니다. 이제 도술을 가르쳐 주십시오.”

“나락 이삭 훑어 먹은 죄는 씻었다마는 아직도 한 가지 죄가 남아서 안 되겠다.”

“아니, 또 무슨 죄가 남았단 말입니까?”

“네가 소가 되었을 적에 날마다 뒷산 풀밭에서 풀을 뜯어먹지 않았느냐? 그때 풀에 욕심내어 너무 많이 먹어치우는 바람에 근처에 살던 다른 짐승들이 굶어 죽었는데, 그래도 그게 죄가 안 되겠느냐?”

듣고 보니 할 말은 없다마는 이제는 더 버틸 힘도 없고 마음도 없으니 어찌한단 말인가.

에라 모르겠다, 도사고 뭐고 팔자에 없는 것을 어쩌랴 하고 그만
몸을 돌려 산을 내려와 버렸다는 이야기.

돈, 권력 또는 명예의 속성

이런 이야기는 흔치 않은 만큼 놀랍고 신선하다. 이야기를 듣다 보
면 "부자가 천국에 들기는 낙타가 바늘구멍에 들기보다 어렵다."는
성서 구절이 떠오르기도 하고, 죄 안 짓고 살기란 참으로 어렵구나 하
는 것도 깨닫게 된다. "세상 재물은 한도가 있어서 누구든지 지나치게
많이 가지면 반드시 모자라는 사람이 생기는 법"이라는 말에 이르면
오로지 돈만을 좇는 오늘날 우리 모습이 다시 보이며 정신이 번쩍 든
다. 그러면서도 삼십 년 동안 온갖 고생을 다 하고도 끝내 도술 배우기
에 실패한 한량에게 동정심을 느끼게 되는데, 이것도 어쩌면 인지상
정일 것이다.

하지만 이런 것은 다 이야기의 겉모습일 뿐이고, 한 꺼풀 벗기고 속
내를 들여다보면 훨씬 더 준엄한 가르침이 들어 있다. 옛이야기는 종
종 귀한 가르침을 틈새에 슬쩍 숨겨 두는데, 대개 정색도 않고 말하기
때문에 눈치조차 못 채는 경우가 많다. 마치 보물찾기를 하는 것처럼
찾아도 그만, 못 보고 지나쳐도 그만이라는 투다. 그렇다고 해서 가르
침의 무게가 가볍거나 값어치가 떨어지는 건 아니고, 다만 이야기의
재미를 떨어뜨리지 않으려는 장치가 앞서 있을 뿐이다. 그 덕분에 누
구나 조금도 짐스럽지 않게, 편안한 마음으로 이야기를 들을 수 있다.

이 이야기도 겉으로는 도술 배우기의 어려움을 말하면서 속에는 돈과 권력과 명예의 관계에 대한 생각의 실마리를 숨겨 두었다. 이야기를 다시 살펴보자. 한량은 애당초 많은 돈을 가진 부자였다. 호의호식하면서 남들이 보기에는 아무런 모자람 없이 살고 있었다. 하지만 사실 그에게는 부족한 것이 있었다. 이야기는 짐짓 '세월 보내기 심심하여 신기하고 재미난 것을 찾던 중' 도술에 눈을 돌리게 됐노라고 말하고 있지만 사실은 권력과 명예를 탐한 것이다. "말 타면 경마 잡히고 싶어진다."는 옛말도 있지 않나. 등 따습고 배부르니 남이 우러르고 떠받드는 자리에 앉고 싶었고, 그런 마음이 도술에 관심을 가지게 한 것이다. (물론 한량은 글공부를 하여 벼슬하는 길을 택할 수도 있다. 하지만 그렇게 되면 주제는 선명해질지 몰라도 재미는 형편없이 줄어든다.)

그런데 한량이 막상 도술을 배우려고 하자 난관이 가로막는다. 도사가 난데없이 '죄 씻음'을 요구하는 것이다. 일 안 하고 빈둥거린 죄, 부자로 산 죄, 나락 이삭 훑어 먹은 죄, 풀을 너무 많이 뜯어먹은 죄가 그것이다. 뒤로 갈수록 죄를 씻기 위한 요구는 부당해 보이고, 적어도 죄에 견주어 보아도 턱없이 무거워 보인다. 언뜻 보아 사리에 맞지 않는 생트집 같지만, 바로 여기에 이야기의 고갱이가 숨어 있다. 듣는 이는 이쯤에서 알아차린다. 도사의 요구는 앞으로 한량이 어떤 고난을 겪는다 해도 멈추지 않을 것이다. 요컨대 한량은 절대로 도술을 배울 수 없다. 왜 그런가? 그 의문은 결국 출발점으로 돌아가야 풀린다. 한량은 애당초 부자였다. 이미 돈을 가득 쥔 손으로는 권력과 명예를 함께 거머쥘 수 없다는 것이다.

　돈은 권력과 명예를 얻는 길에서 디딤돌인가, 걸림돌인가? 옛이야기는 분명히 걸림돌이라고 말한다. 하지만 현실에서는? 적어도 오늘날 우리 사회에서는 가난한 사람이 남을 부리거나 남의 존경을 받는 길이 멀고도 험하다. 하지만 부자는 너무나 손쉽게 그 길을 간다. 돈이 곧 힘이요 이름이 되는 것이다. 실례되는 말이 될지 모르지만, 지금 나라를 이끈다는 서슬 퍼런 고관대작님들 가운데 진정으로 청빈을 자랑삼을 수 있는 이는 몇이나 될까? 방방곡곡 민의를 대변한다는 많은 의원 선량님들 가운데 돈 힘을 빌지 않은 이는 몇이나 될까? 이른바 사회지도층 인사들 가운데 가난을 부끄러워하지 않는 이는 또 몇이나 될까? 만약 오늘날 정약용 선생이나 김구 선생이 살아 돌아온다면 그 어떤 뜻도 펴지 못하고 사글셋방에서 쓸쓸한 말년을 보내야 할지도 모른다. 까닭은 단 하나, 가난하기 때문이다.

　옛날 사람들은 돈에 두 가지 얼굴이 있다는 걸 분명하게 알고, 그 생각을 이야기에 담아 후손들에게 가르쳤다. 알맞게 그리고 정당하게 쓰기만 하면 돈은 사람을 편안하게 해 준다. 하지만 욕심의 고삐를 놓는 순간 돈은 흉측한 괴물이 되어 사람 사이를 허물고 사람의 본성을 파괴한다. 그래서 경계하고 또 경계해야 할 것이 바로 돈이라는 것이다. 옛이야기 속에서 부자 되어 잘사는 사람들은 한결같이 금기를 지키거나 남을 돕는 방식으로 슬기롭게 욕심을 다스린다. 이것은 참으로 귀한 가르침이다.

'성공'이라는 말이 오로지 돈을 많이 번다는 뜻으로 쓰인 지 오래인, 사람이 돈의 부림을 받는 모습이 그다지 거북하게 보이지 않는 21세기 대한민국의 쓸쓸한 겨울날, 이 대단찮은 옛이야기로나마 옛사람들이 남긴 귀한 가르침을 다시 새겨 본다.

떡나무와 꿀강아지

옛날 어느 시골에 건달이 하나 살았는데, 한번은 서울 구경을 갔다가 노름판에 끼게 되었것다. 본디 노름판이라는 게 인정사정없는 곳이라, 한 푼 잃고 두 푼 잃다 보니 수중에 돈을 죄다 잃고 빈털터리가 되었네그려. 본전은 고사하고 당장 집에 갈 노자 한 푼 없으니 딱하게 되지 않았나. 하릴없이 돈 딴 서울 건달한테 사정사정해서 노잣돈 백 냥을 꾸었구나. 똥마려운 놈 지푸라기 찾는 격으로, 급하니까 한 달에 이자를 자그마치 백 냥씩 붙여 갚기로 하고 꾸었던 것이다.

그러고 난 뒤에 서울 건달은 이제나저제나 시골 건달이 돈 갚으러 오기만을 기다리는데, 한 달이 지나고 두 달이 지나고 석 달이 지나도 돈 꿔 간 놈은 코빼기도 안 뵈네그려. '이놈의 것 안 되겠다, 제가 안 올라오면 내가 내려가서 받아 내는 수밖에.' 이렇게 생각하고서, 서울 건달이 두루마기 떨쳐입고 갓망건 고쳐 쓰고 두 팔을 휘휘 내저으며 시골로 내려갔것다.

이때 시골 건달은 서울 건달이 돈 받으러 내려올 줄 미리 알고 일을 꾸미는데, 어떻게 꾸몄는고 하니 세상에 둘도 없는 떡나무를 만들었구나. 찹쌀가루 곱게 빻아 인절미 경단 절편을 보기 좋게 쪄서 앞마당 대추나무 가지에 소담하게 꽂아 놓으니, 이리 봐도 떡이 주렁주렁 저리 봐도 떡이 주렁주렁, 영락없는 떡나무일세. 그렇게 차려 놓고 있으니 서울 건달이 헛기침도 요란하게 사립문을 들어선다.

"여보게 아무개 서방, 세상에 이런 경위도 다 있는가. 아쉬울 때 사정하며 돈 꿔 갈 땐 언제고 자빠져 나 몰라라 할 땐 또 언젠가. 당장 원금 백 냥에 이자 삼백 냥 합쳐 사백 냥을 내놓게나. 안 내놓으면 이 집 안방 아랫목에 아예 드러눕고 말 테니 그리 알게."

"석 달 만에 보는 사람 인사치고는 별나군그래. 안 그래도 내 자네 올 줄 알고 기다리고 있었다네. 어쨌거나 우리 집에 온 손님인데 박대할 수 있는가. 마침 떡나무에 떡이 많이 열렸으니, 따서 맛이나 보고 얘길 하세."

그러고는, 앞마당에 썩 나가 떡나무에 열린 떡을 한 소쿠리 따 오거든. 서울 건달이 먹어 보니 맛도 꽤 쓸 만하고, 그놈의 것 보면 볼수록 욕심이 나네그려. 아 이런 나무 한 그루만 있으면 평생 떡 실컷 먹어 좋아, 남는 건 팔아서 돈 벌어 좋아, 이러니 욕심이 안 날 수 있나. 그만 몸이 달아 수작을 건다.

"빚 사백 냥을 몽땅 탕감해 줄 터이니 이 나무 나한테 팔게."

"어허, 이 사람 보게. 이 떡나무가 그래, 자네 눈에는 사백 냥어치로밖에 안 보인단 말인가?"

"아, 알았네. 그럼 내 백 냥 더 얹어 줌세."

"어림없는 소리."

"그럼 이백 냥."

"안 돼."

"알았네, 알았어. 삼백 냥 줄 테니 못 이기는 척하고 팔게."

"어허, 이건 참 오그랑장사인걸."

시골 건달이 마지못한 척 승낙하니 서울 건달은 횡재했다며 좋아라고 떡나무를 뽑아 들고 서울엘 갔지. 가서 자기 집 뒷마당에 심어 놨겄다. 아, 그런데 하루가 지나고 이틀이 지나고 사흘이 지나도 감감무소식일세. 열흘이 지나고 보름이 지나도 떡 아니라 떡 비슷한 것 하나 열릴 낌새 안 보이거든. 그제야 속은 것을 안 서울 건달, 그 길로 또 부리나케 시골 건달을 찾아간다.

시골 건달은 일이 이렇게 될 줄 미리 알고, 이번에는 꿀강아지 한 마리를 만들어 놨구나. 어떻게 했는고 하니, 강아지 한 마리를 여러 날 굶긴 다음에 꿀만 잔뜩 먹인 것이지. 이놈의 강아지가 빈속에 꿀만 연거푸 먹었으니 어쩔 것인가. 똥을 싼다는 게 꿀똥만 쌀 것 아닌가. 그렇게 마련해 놓고 있으니 서울 건달이 기세등등 사립문을 들어선다.

"예끼 사기꾼 같으니. 사람을 속여도 유분수지, 아니 그 무슨 나무에 떡이 열린다고 속여서 멀쩡한 사람 바보를 만드나 그래. 내 이번엔 결단코 속지 않을 테니 아무 말 말고 돈이나 내놓게. 안 내놓으면 당장 관가로 끌고 갈 터이니 그리 알게."

"그 떡나무에 떡이 안 열린다고? 그럴 리가 있나. 아마 이녁이 건사를 잘못해서 그럴 테지. 그나저나 멀리서 손님이 왔는데 대접을 안 할 수야 있나. 마침 꿀강아지가 똥을 안 싼 지 오래니 꿀이나 받아먹고 얘기하세."

그러더니 데리고 있던 강아지 배를 꾹 눌러 꿀똥을 한 접시 받아 내놓거든. 서울 건달이 먹어 보니 과연 꿀맛이라, 그놈의 것 보면 볼

수록 탐이 나네그려. 아 이런 강아지 한 마리만 있으면 평생 꿀 실컷 먹어 좋아, 남는 건 팔아서 돈 벌어 좋아, 이러니 탐이 안 날 수 있나. 그만 몸이 달아 수작을 건다.

"내 돈이고 뭐고 달란 말 안 할 테니 이 강아지 나한테 팔게."

"어허, 이 사람 보게. 이 강아지로 말하자면 내 평생 살림 밑천인데 절대 그럴 순 없네."

"삼백 냥이면 되겠나?"

"말도 안 되는 소리."

"그럼 오백 냥."

"그래도 안 돼."

"내 눈 딱 감고 천 냥 낼 터이니 적선하는 셈치고 팔게."

"어허 참, 그렇게까지 하자는 데야."

시골 건달이 마지못한 척 승낙하니 서울 건달은 이게 웬 떡이냐며 강아지를 안고 입이 귀에 걸려 서울엘 올라갔지. 가서 온 동네 사람들을 다 불러 모아 놓고 꿀 대접을 하겠다고 큰소리를 친 다음에 강아지 배를 꾹 눌러 봤것다. 아, 그랬더니 이게 웬일. 나오라는 꿀은 안 나오고 진짜 똥만 한 무더기 나오네그려. 꿀 대접 받으려고 모인 동네 사람들이 그걸 보고서,

"콩과 보리 못 가린다는 말은 들어 봤지만, 꿀과 똥을 못 가리는 사람은 처음 보네."

그러곤 뿔뿔이 흩어지더라는 이야기.

속이는 세상, 속는 사람

우리 옛이야기 중에는 속임수를 다룬 이야기가 많다. 오죽하면 '속

이고 속기'가 옛이야기 유형으로 한자리를 떡하니 차지하고 있을까. (조동일 외, 『한국구비문학대계 별책부록 I 한국설화유형분류집』, 한국정신문화연구원, 1989.) '속이고 속기'에 등장하는 주인공들은 대개 꾀를 써서 위기에서 벗어나거나 상대를 물리쳐 목적을 이룬다. 이때 쓰는 꾀나 속임수는 주인공이 맞닥뜨린 어려움 때문에 정당화되는 경우가 많다. 하지만 어쨌든 거짓말이나 속임수가 수단이 되었다는 점 때문에 좀 꺼림칙할 수도 있다.

이런 이야기에서는 누가 누구를 속였느냐가 상황을 이해하는 중요한 열쇠가 된다. 이를테면 어려움에 빠진 약자가 자신이나 이웃을 구하기 위해 거짓말이나 속임수를 택했다면 거의 정당한 것으로 받아들여진다. 하지만 강자가 자신의 욕심을 채우려고 거짓말을 하거나 속임수를 쓰면 결코 동정을 받지 못한다. 예컨대 토끼가 자신을 잡아먹으려는 호랑이에게 "입을 딱 벌리고 있으면 새가 입속으로 날아들 것"이라거나 "꼬리를 개울에 담그고 있으면 물고기가 낚일 것"이라고 거짓말을 한 것은 아무에게도 비난 받지 않는다. 그러나 호랑이가 자신의 정체를 의심하는 오누이에게 감기에 걸렸느니 목이 쉬었느니 거짓말을 하고 밀가루 바른 앞발을 문틈으로 들이미는 따위의 속임수를 쓴 것은 많은 사람들의 공분을 산다.

위 이야기는 어떨까. 애당초 정당하지 못한 이득을 노리고 돈을 꾸어 준 서울 건달에게도 잘못은 있지만, 얄밉도록 속이 빤히 들여다보이는 수법으로 남을 속이고 곯린 시골 건달에게도 죄가 없다고 할 수는 없다. 어찌 보면 서울 건달은 어수룩해서 속아 넘어가는 것 같고 시골 건달은 너무 약은 짓을 해서 동정의 여지가 없어 보인다. 그런데도 왜 이야기는 은근히 시골 건달 편을 드는 것처럼 보이는가?

이야기의 초점은 시골 건달의 속임수가 정당한가 아닌가에 있지 않다. 그보다는 실없는 속임수에 너무나 쉽게 넘어가는 서울 건달의 어처구니없는 행동에 더 눈길이 간다. 그는 왜 거짓말에 속아 넘어가는가? 욕심 때문이다. 욕심에 눈이 어두워지면 아무리 유치한 거짓말도 그럴 듯해 보인다. 그래서 능청맞은 시골 건달에게 애원하다시피 떡나무와 꿀강아지를 사 간 것이다. 서울 건달은 어수룩해서 당한 것이 아니라 욕심 때문에 당한 것이다. 말하자면 제 꾀에 제가 넘어간 꼴이며 제 무덤 제가 판 꼴이다. 이야기는 바로 그것을 풍자한다.

하지만 우리가 사는 세상에는 순진하고 착한 약자가 탐욕스런 강자의 거짓말에 속는 일이 더 자주 일어난다. 이것이 이야기와 현실이 다른 점이며, 그래서 우리는 더 슬프다. 보기를 들라면 밤새 얘기해도 끝이 없겠지만 두어 가지만 들겠다. 몇십 년 전 일제는 이 땅의 순진한 백성들을 거짓말로 꾀어 전쟁터에 끌고 갔다. 그리고 총알받이로, 노리개로, 나쁜 짓 대역으로 부려 먹었다. 요새 와서 그 후손들이 발뺌하는 것에 대해서는 더 말하고 싶지도 않다. 그 뒤 이 땅에 전쟁이 터졌을 때, 이 나라 정부는 "서울 시민들은 동요하지 말라."는 녹음방송을 남겨 놓고 몰래 부산으로 도망갔다. 그리고 나중에 전쟁이 끝나자, 그 방송을 믿고 서울에 남아 있다 죽을 고비를 넘긴 시민들에게 '부역자' 라는 혐의를 씌워 온갖 괴로움을 주었다.

　　요새도 이 땅의 '높으신 분들' 은 거짓말을 밥 먹듯이 한다. 있는데 없다고 하고, 했는데 안 했다고 하며, 많은데도 적다고 한다. 예전과 다른 점이 있다면, 백성들도 이제는 하도 속아서 웬만한 거짓말에는 끄떡도 않는다는 것이다. 정말로 슬픈 일은 백성들끼리도 서로 속고 속이는 것인데, 이런 일은 세상이 온통 돈과 물질에 지배당하면서 더 심해졌다. 이런 세상에서는 거짓말할 줄 모르는 정직한 사람들끼리 굳게 뭉치는 수밖에 없는 것일까. 그래서 거짓말과 속임수에 넘어가지 않도록 서로 경계하고 깨우칠 수밖에 없는 것일까. 슬픈 일이지만, 아무래도 그래야 할 것 같다.

돈귀신 이야기

옛날 옛적 어느 곳에 참 밑구멍이 찢어지게 가난한 집이 하나 있었는데, 이 집에는 떠꺼머리총각하고 홀어머니가 단둘이 살았거든. 두 입이 그저 굶느니 먹느니 하다 보니 이 날 이때까지 돈이 어떻게 생겼는지 구경을 못했지. 사실 돈 구경이야 해도 그만 안 해도 그만이다마는 아들 하나 있는 것 당최 장가를 못 가 몽달귀신으로 늙어 죽게 생겼으니 그것이 한이로구나.

총각 사람됨으로 말하자면 행실 듬직하고 소견도 훤하여 나무랄 곳 없다지만 아무리 그러면 무얼 하나. 호강은 고사하고 목구멍에 풀칠할 길 찾기 어려우니 뉘 집 색시가 시집오려 할 것인가 말이다.

보다 못한 어머니가 하루는 아들더러 이르기를,

"얘야, 이럴 게 아니라 네가 집을 나가 색싯감을 찾아봐라. 조선 팔도를 뒤지면 설마 네 짝이 없겠느냐."

하니, 아들도 그 말을 옳게 여겨 당장 신을 들메고 집을 나섰것다.

가다가 가다가 산속에서 날이 저물어 하룻밤 묵을 집을 찾는데, 마침 그 외딴 곳에 고대광실 커다란 기와집이 보이는구나. 문간에서 주인을 찾으니 소복 입은 처녀가 나와서 하는 말이,

"우리 집은 손님 묵으실 만한 곳이 못 되니 다른 곳을 찾아보심이 어떠할는지요."

이런다. 어찌된 사연인지 들어나 보고 다른 데로 가도 가겠노라 하니 처녀가 한숨을 쉬면서 말하기를,

"본래 우리 집에는 식구가 많았는데, 언제부터인가 밤만 되면 사나운 괴물 일곱이 나타나 사람을 하나씩 잡아가더이다. 다 잡혀가고 이제 오늘밤은 내 차례요. 그러니 어찌 손님을 받겠습니까."

하는데, 그 말을 듣고서 어찌 그냥 가겠는가. 죽든 살든 오늘밤 한번 당해 보리라 다짐하고, 처녀더러 집안에 있는 초란 초는 다 가져오라고 했지. 그 초에 불을 밝혀 대청에 빙 돌아가며 꽂아 놓고, 그 한복판에 가부좌를 틀고 앉아 괴물 나타나기를 기다린다. 처녀는 벽장 안에 숨겨 놓고 혼자서 눈을 부릅뜨고 앉았으니, 아니나 다르랴 밤이 이슥해지니까 밖에서 무엇이 우르르 쿵쾅 쏴아 하더니 시커먼 그림자 일곱이 대청 섬돌 앞에 어른어른하는구나.

그중 하나가 대청 위로 썩 올라서더니,

"이키!"

하며 물러나고, 또 하나가 대청 위로 썩 올라서더니,

"이키!"

하며 물러나고, 이러기를 일곱 번이나 한 끝에 그만 그림자 일곱이 모두 스르르 사라져 버리네그려.

그래서 그날 밤은 무사히 보냈는데, 이튿날 날이 밝은 뒤에 가만히 생각해 보니 어제는 운이 좋아 그냥 넘겼다마는 괴물인지 무엇인지

가 오늘밤 또 올 것 같단 말이지. 그런 것이 한 번 놀랐다고 쉽사리 물러갈 리 있겠는가. 그래서 하룻밤 더 그 집에 묵기로 했구나.

이번에는 처녀더러 집안에 있는 실이란 실은 다 가져오라고 하여, 그 실을 한 줄로 이어 실패에 감은 다음 끝에 바늘을 꿰어 손에 들고 밤이 되기를 기다린다. 어제처럼 대청에 촛불을 환하게 밝혀 놓고 그 한복판에 가부좌를 틀고 앉았으니, 과연 밤이 이슥해지자 요란한 소리를 내며 시커먼 그림자 일곱이 섬돌 앞에 나타나네. 그리고 어제처럼 하나씩 대청에 올라왔다가 "이키!"하며 물러나는데, 마지막 일곱 번째 그림자가 올라왔을 때 잽싸게 실 꿴 바늘을 그놈의 옷깃에 꽂았것다.

그래 놓고 이튿날 날이 밝아 실이 풀린 곳을 따라갔지. 실은 안마당을 지나 중문을 지나 뒤꼍으로 돌더니, 후원 별당 뒤 후미진 곳에 멈추어 땅속으로 파고드네그려.

삽을 가져다 땅을 파니 석 자 세 치 되는 곳에서 돈궤 일곱이 나오는데, 궤마다 금돈이 그득그득 들었구나. 곧 일곱 궤짝에서 뭉게뭉게 연기가 피어오르더니 허공에 일곱 귀신이 나타나 하는 말이,

"우리는 이 댁 조상이 일찍이 땅에 묻어 둔 돈에 붙은 귀신입니다. 여러 해를 갇혀 지내다 보니 숨이 막히고 악심이 끓어올라 자손에게 복수를 하려 했습니다마는, 이제 우리를 풀어 주시니 숨통이 트이고 원한도 다 풀렸습니다. 다른 식구들은 뒷산 동굴 속에 있으니 데려가 십시오."

하고는,

"우리는 세상에 무서운 것이 없으나 돈을 모르고 사는 사람한테는 힘을 못 쓴답니다. 어젯밤 그젯밤 처녀를 잡으러 갔을 때, 대청에 앉은 사람이 돈 모르는 사람이라 물러난 것입니다."

하더라나.

그 뒷이야기야 뭐 다들 짐작하는 대로렷다. 뒷산 동굴에 가서 식구들 다 구하고, 그 공으로 그 집 처녀한테 장가들어 홀어머니 모셔다가 아흔아홉 살까지 잘 살더라는 얘기.

옛이야기, 배금주의를 경계하다

돈을 오래 묵혀 두면 삿된 귀신이 되어 주인을 괴롭힌다는 이야기이다. 이런 이야기는 『한국설화유형분류집』에도 「632-8 둔갑해서 나타난 돈 정체 밝히기」라는 이름으로 한자리 차지하고 있다.

돈은 왜 오래 묵히면 귀신이 되어 사람을 괴롭히는 걸까? 여기에는 돈에 대한 옛사람들의 생각을 엿볼 수 있는 실마리가 들어 있다.

알다시피 돈은 교환가치를 빼면 하찮은 쇳조각이나 종잇장에 지나지 않는다. 돈은 무언가를 가지거나 이루려고 할 때 필요한 것이다. 이를테면 먹고살기 위해, 집을 짓기 위해, 여행을 가기 위해 사람들은 돈을 모은다.

다시 말해 돈은 수단이다. 그 자체가 목적이 될 수 없다는 말이다. 돈은 알맞은 곳에 쓰였을 때 비로소 빛을 낸다. 물론 좋은 곳에 쓸수록 그 빛은 더 환하다. 쓰지 않고 묵혀 둔 돈은 그래서 아무 쓸모가 없다. 마땅히 써야 할 곳에 쓰지 않고 숨겨 둔 돈은 죄악이 될 수도 있다.

옛사람들은 이런 생각을 이야기 속에 담아 돈과 재물을 경계하려 했다. 지나치게 많이 모은 재물은 그 자체로 죄가 된다는 것, 남을 위해 쓴 돈은 반드시 복이 되어 되돌아온다는 것도 옛이야기 속에서 쉽게 발견할 수 있다. 하지만 요새는 아무도 그런 이야기에 귀를 기울이지 않는다. 요새 사람들에게 돈은 그 자체가 목적이다. "부자가 될 거야." 라고 사람들은 말한다. "왜 부자가 되려 하니?"라고 물으면 이렇게 대답한다. "그런 걸 묻다니 바보 아냐? 부자 되면 좋잖아."

전에는 수단이었던 돈이 이제는 목적이 되고, 전에는 목적이었던 가치 있는 일들이 이제는 돈을 벌기 위한 수단으로 전락했다. 이를테면 옛날 사람들은 책을 사기 위해 돈을 모았다. 한 푼 두 푼 모은 돈으로 책을 사서, 책을 읽으며 새로운 것을 배우고 깨달음과 기쁨을 얻었다. 돈은 수단이요 책이 목적이었던 것이다. 하지만 요새 사람들은 돈을 벌기 위해 책을 산다. 목적과 수단이 뒤바뀐 셈이다. 설마 그렇겠느냐고? 『부자가 되는 길』, 『큰돈은 이렇게 벌어라!』, 『부자 아빠 가난한 아빠』, 『백만장자 마인드』, 『39세 100억, 젊은 부자의 부동산 투자법』……, 이것이 요새 책방에서 이른바 '베스트셀러' 자리에 진열되어 있는 책 제목들이다.

예술조차 돈벌이 수단이 될 줄 누가 알았겠는가. 미술 작품이 아름다움이나 공감의 정도와 상관없이 부자들의 투자 대상이 됐다는 것은 새삼스러운 일이 아니다. 화가가 온 힘을 다해 예술혼을 담은 그림을 그려도, 그것이 시장에 나오는 순간 부자들의 먹잇감이 되어 창고에 갇힌다. 그 창고에는 무거운 자물쇠가 채워지고 사설경호업체의 최첨단 경비장치가 작동되는 것은 물론이다. 그리고 이제 아무도 그 그림의 아름다움에 눈길을 두는 사람은 없다. 오로지 그것이 '얼마짜리냐'에 관심이 있을 뿐이다. 문화재라고 해서 다를까. 빛바랜 붓글씨도 손때 묻은 장롱도, 오로지 '돈이 되느냐 안 되느냐'가 문제다. 값이 싸다는 것이 밝혀지는 순간 아무리 아름다운 예술품도 천덕꾸러기가 되고 만다.

예술뿐만이 아니다. 생명의 어머니인 자연도 돈 앞에서는 다만 수단일 뿐이다. 산도 들도 강도 호수도 투기와 개발의 대상이 된 지는 이미 오래다. 요컨대 이 세상 모든 것은 돈벌이에 도움이 될 때만 가치가 있다. 모든 가치의 꼭짓점에 돈이 있고, 다른 모든 것은 오로지 돈벌이를 위해 봉사한다. 이것이 배금주의의 본얼굴이다. 사정이 이러한데도 "돈을 벌어 뭐할 거냐?"고 묻는 것은 어리석은 일이다. 그것은 마치 신앙심 깊은 사람에게 "신을 왜 믿느냐?"고 묻는 것과 마찬가지일 테니까.

지금까지 조금 비아냥거리는 투로 말했지만, 우리 사는 세상의 이 막가는 배금주의에 대해 "그렇지 않다."고 말할 사람은 아무도 없을 것이다. 돈 때문에 사람이 죽고 돈 때문에 양심이 사라지고 돈 때문에 눈에 헛것이 보여도 이제는 어쩔 수 없다. 우리는 이미 너무 많은 길을 와 버렸고, 되돌아가기에는 그 길이 너무 멀기 때문이다. 두려운 것은, 정말로 두려운 것은 어린아이들마저 돈바람에 휩쓸리는 것이다. 우리는 걸어온 길이라도 돌아볼 수 있지만, 아이들 삶은 처음부터 이 길 위에서 시작된다. 아아, 사랑스러운 우리 아이들이 서서히 돈의 노예가 되는 것을 잠자코 지켜보고 있어야만 하나.

"돈을 오래 묵히면 귀신 된다."는 옛이야기 한 자리는 그래서 새삼 애처롭다. 이 나지막한 경계의 말조차 '시대에 뒤떨어진 고리타분한 관념'이라는 자본의 비웃음 한마디에 덧없이 묻혀 버릴 것 같아서 더욱 그렇다.

범 재판, 매 재판

옛날 어느 고을에 원이 하나 있었는데, 이 원이 참 제 딴에는 슬기롭고 똑똑하다고 자랑이 대단했것다. 아무리 어려운 송사라도 내 손에만 들어오면, 금세 시원하게 판결을 내 주마고 제 입으로 벼르기를 밥 먹듯 했거든. 과연 그렇게만 하다면야 명관 소리 안 듣겠나.

그러던 중 한번은 참말로 어려운 송사가 하나 들어왔구나. 사연인즉 부잣집 영감과 가난뱅이 농사꾼이 산기슭 같은 곳에 소를 매 놨는데, 저녁에 가 보니 소는 두 마리 다 고삐를 끊어 놨고 옆에는 범한 마리가 죽어 있더란 말씀. 두 마리 소 중 어느 하나가 범을 잡았다는 얘긴데, 도대체 어느 소가 그랬는지 알 수가 있나. 내 소가 잡았느니 네 소가 잡았느니 옥신각신하다가 결판이 안 나서 관에 물으러 온 것이지.

원이 곧 소 두 마리를 끌고 오라 해서는 이리저리 살펴본다. 앞을 보고 뒤를 보고 칩떠보고 내려다보고 머리부터 꼬리까지 찬찬히 살펴보고 나서 무릎을 탁 치며 내놓는 판결이 이렇구나.

"범은 틀림없이 부잣집 소가 잡은 것이다. 부잣집 소는 뿔이 빳빳하게 곤두서서 보기만 해도 날쌔 보이지 않느냐? 그런데 농사꾼의 소는 뿔이 둥글게 꼬부라져서 영 힘을 못 쓰게 생겼거든. 저런 뿔로야 범은커녕 노루 한 마리도 잡기 힘들 것이야. 그러니 죽은 범은 필경 부잣집 것일 테지."

판결이 이리 나니 부잣집 영감은 입이 귀에 걸리고 가난뱅이 농사꾼은 울상이 되었는데, 이때 구경꾼 틈에 선 아이들 몇이 같잖다는 듯 헤헤 웃거든. 원이 그만 부아가 나서 아이들을 불러다 꿇려 놓고 호통을 쳤것다.

"네 이놈들, 관장 앞에서 이 무슨 버릇없는 짓들이냐?"

"죄송하오나 원님 판결이 우스워서 그럽니다. 뿔 모양만 보고 어찌 내막을 알 수 있습니까?"

"뭐라고? 그럼 너희들이 어디 한번 재판을 해 보아라. 잘하면 모르거니와 만약 엉터리로 하는 날에는 중벌을 면치 못할 것이야."

아이들은 곧 죽은 범을 가져오라 해서는, 그것을 나무 기둥에 기대어 놓고 소고삐를 풀라 했지. 통인들이 그 말대로 하니 두 소가 당장 내닫는데, 부잣집 소는 겁을 집어먹고 반대쪽으로 내빼고 농사꾼 소는 눈에 불을 켜고 날쌔게 범한테 달려들거든. 그걸 보고 아이들이 판결을 내리기를,

"이것 보십시오. 부잣집 소는 범을 겁내어 도망가느라 고삐를 끊은 것이고, 농사꾼의 소는 범한테 달려드느라 고삐를 끊은 것입니다. 이만하면 범의 임자가 누구인지는 갓난아이라도 알겠지요."

하니, 구경하던 백성들은 다 감탄을 하고 원은 그만 꿀 먹은 벙어리가 되더라나.

그러고 나서 얼마 있다가 또 어려운 송사가 하나 들어왔는데, 이번에는 매를 두고 서로 내 것이라 다툼이 일어났네. 사연인즉 서울 한량과 시골 나무꾼이 같은 산에서 꿩 사냥을 하다가 매를 잃었는데, 나중에 매 한 마리를 찾고 보니 누구 매인지 알 수 없어 재판을 받으러 왔다는 얘기. 이번에도 원은 이리 갸웃 저리 갸웃 곰곰이 생각을 하다가 이렇게 판결을 내놨지.

"매는 한량 것이 틀림없다. 한량은 활 쏘고 사냥하는 것이 일이니 매를 부리는 일에도 익숙할 것이야. 하지만 나무꾼이 무슨 사냥을 해 봤겠느냐. 어쩌다 한번 매를 부린다는 것이 서툴러서 놓친 게지. 아무래도 부리는 데 익숙한 쪽 매가 임자를 잘 찾아오지 않겠느냐."

판결이 이리 나니 서울 한량은 입이 귀에 걸리고 시골 나무꾼은 울상이 되었는데, 이때 구경꾼 틈에 선 아이들이 또 우습다는 듯 헤헤 웃는구나.

화가 난 원이 또 아이들을 불러다 이놈들 어디 한번 너희들이 재판을 해 봐라 했지. 잘하면 모르거니와 만약 엉터리로 하는 날에는 경을 칠 것이라 으름장도 놨네그려.

아이들이 곧 통인더러 멀찌감치 떨어진 나무에 매를 얹어 놓으라 하고는, 한량과 나무꾼더러 이쪽에 서서 제각기 휘파람을 불어 매를 부르라 했지. 두 사람이 그대로 하니 매가 곧장 푸드덕 날아오는데, 한량을 쓱 지나쳐 나무꾼 어깨로 바로 날아가 앉는구나. 그걸 보고 아이들이,

"아직도 매가 누구 것인지 모르시겠습니까?"

하니, 구경하던 백성들은 다 감탄을 하고 원은 그만 낯이 벌게져서 차일 뒤로 숨더라는 얘기.

아이들에게 물어볼 수 있다면

이 이야기는 슬기로운 재판에 얽힌 것이다. 어려운 송사를 지혜로 해결하는 이야기는 우리 옛이야기 중에서 손가락 안에 꼽힐 만큼 흔하다. 주인공은 원님, 어사와 같은 벼슬아치이기도 하지만 이 이야기에서처럼 어린아이가 등장하는 경우가 더 많다. 어른이 못 푸는 문제를 어린아이가 보기 좋게 풀어내는 데 이야기의 묘미가 있다.

이를테면 암행어사 박문수 이야기에서 박문수는 종종 어린아이의 도움을 받아 어려운 문제를 해결한다. 박문수가 수수께끼 같은 문제를 골똘히 생각하느라 아이들이 재판 놀이하는 곳을 그냥 지나치다가, 그 과정에서 아이들에게 해답을 얻는 식이다. 가끔은 도움을 주는 이로 어린아이 대신 처녀, 할머니, 농사꾼 같은 인물이 나오기도 하는데 가만히 보면 모두 약자라는 공통점이 있다.

세상 물정 모르는 아이들이 슬기로운 재판을 한다는 것은 의미심장하다. 아이들 마음은 때 묻지 않아 순수하다. 편견이 없어 어디로든 기울지 않는다. 가장 공변되게 재판을 할 수 있는 조건을 갖춘 셈이다. 이 이야기에서도 아이들은 아주 단순한 상식에 기대어 문제를 풀었다. 범 잡은 소를 찾으려면 소에게 범을 다시 보여 주는 것이 가장 확실한 길이다. 범을 맞닥뜨린 소의 행동을 보면 모든 것이 드러날 테니 말이다. 매 임자를 찾는 일은 더 쉽다. 매가 누구에게 날아가는지를 보면 되는 것이다. 하지만 원님은 그런 단순한 방법을 생각해 내는 대신 선입견에 기대어 문제를 풀려고 했다. 뿔 모양을 보고 어느 소가 더 날

샌지 가리려 했고, 매 다루는 일에 익숙한지 아닌지로 매 임자를 찾으려 했다. 말하자면 편견에 사로잡혀 간단한 이치를 놓친 것이다.

편견과 선입견은 사람의 눈을 흐리게 한다. 그래서 더러는 자신도 모르게, 더러는 알면서도 일부러 그릇된 판단을 내린다. "부자는 가난뱅이보다 잘사니까 소도 잘 먹였을 테지. 잘 먹은 소가 힘세고 날쌘 것은 당연해." 혹은 "서울 한량은 시골뜨기보다 똑똑하니까 매도 잘 길들였을 테지. 길든 매가 주인을 찾아오는 건 당연해." 이런 생각이 바로 편견이요 선입견이다. 그리고 대개의 경우 이런 편견과 선입견은 약자를 버리고 강자 편을 든다. 그래서 끝내 억압이 되고 폭력이 된다.

어려운 문제일수록 아이 눈으로 보고 아이 마음으로 판단해야 하는 까닭이 여기에 있다. 아이의 눈은 편견이나 선입견으로부터 자유롭고, 아이 마음은 공변되어 치우치지 않기 때문이다. 아이들이 특별히 슬기로워서가 아니라 다만 산을 산으로 보고 물을 물로 볼 수 있기에 그럴 뿐이다. 산을 산이라 하고 물을 물이라 하는 것은 당연하고 쉬운 일 같지만, 편견과 선입견에 흐려진 눈으로 보면 그렇게 말하기 어렵다. 더구나 그 마음에 때가 끼고 돈과 권세에 눈이 어두워지면 거짓을 참이라 하고 참을 거짓이라 하는 일도 예사로 일어나게 된다.

우리는 가끔 이상한 모습을 본다. 그 어렵다는 법 공부를 몇 해씩이나 해서 나라에서 최고로 높은 자리에 오른 재판관들이 보통 사람들도 이해하기 어려운 판결을 하는 것을. 고금에 없는 법 이름까지 지어내며 정당성을 주장하지만 법을 조금도 모르는 일반 백성들이 그 판결을 보며 코웃음 치는 것을.

세상에 건강한 상식보다 더 확실한 잣대는 없다. 아무리 어려운 법이론을 들이대도 어린아이의 눈과 마음이 받아들일 수 없다면 그것은 올바른 판결이 아니다. 그런데도 이 나라에서 법을 집행한다는 사람들은 오늘도 참 이상한 일을 한다. 우리 같은 백성들이 보기에 틀림없이 거짓말을 하고 폭력을 부추기는 사람을 오히려 싸고돌면서, 다만 자신이 원하는 바를 여럿 앞에 밝힌 사람은 죄를 지었다고 벌을 주니 말이다. 어마어마한 돈을 부당하게 가로챈 사람보다 그것을 고발한 사람이 더 큰 벌을 받는 것을 보면, 법을 모르는 나 같은 무지렁이도 고개를 갸웃거리게 된다. 남을 윽박지르고 욕하고 걷어차고 때린 사람보다 촛불을 들고 노래하며 구호를 외친 사람이 더 많이 잡혀가는 것만 보아도 그렇다.

아아, 이 모든 일의 판결을 아이들에게 맡길 수만 있다면! 아이들이라면 무엇이 옳고 그른지 속 시원하게 판결해 주지 않을까? 하지만 이 땅의 어른들은 오늘도 아이들에게 문제의 해답을 묻는 대신, 그들을 0교시, 우열반 편성, 일제고사 같은 쇠사슬로 묶어 학교와 학원이라는 감옥에 가둔다. 그리고 말한다. "조그만 것들이 뭘 안다고? 너희들은 시키는 대로 공부나 해!" 그 소용돌이 속에서도 꽃잎처럼 피어나는 아이들의 해맑은 웃음은 나같이 무능한 어른의 눈시울을 적신다. 그 아이들이 웃음을 잃지 않는 한, 아직 절망하기는 이르다.

굴속에 들어간 아기장수

   옛날 어느 곳에 아기장수가 하나 났는데, 그 집 식구들이 그냥 쉬 쉬하고 키웠다나. 대개 아기장수가 나면 삼족이 죽임을 당하는지라 식구들이 먼저 죽이거나 내버리거나 하는데 이 집에서는 몰래 거두 어 키웠단 말이지. 아기한테는 허구한 날 당부하기를 무슨 일이 있어 도 힘을 내보이지 마라, 그저 아무 힘도 재주도 없는 척하고 살아라, 귀에 못이 박히도록 이르고 아기도 그 말대로 하고 사니까 아무도 모르지. 장수인 줄을. 그저 가난한 집 천덕꾸러기인 줄만 안단 말이 지. 힘으로 말할 것 같으면 반쪽이도 울고 가고 재주로 말할 것 같으 면 홍길동도 저리 가라 할 만한데 말이야.

   이 아기장수가 여남은 살 먹었을 때 한번은 바다에 고기잡이를 갔 다나. 이웃 사람들 따라갔는데, 가서 고기를 참 많이 잡았네. 한 배 가득 잡아서 좋아라고 마을로 돌아오는데, 아 오는 길에 해적들을 만났구나. 바다 한가운데에서 칼 들고 설치는 해적들을 만났으니 뭐 어쩔 수 있나. 이쪽은 작대기 하나 없는 맨손들이니 어디 대거리나 돼? 그냥 몽땅 빼앗겼지. 고기 한 배 잡은 것 다 빼앗기고 몸에 지닌 것과 배까지 빼앗기고 빈털터리로 근처 바위섬에 갇혀 버렸네.

일이 이렇게 되니 억울한 건 둘째 치고 살길이 막막하단 말이야. 먹을 물 한 모금 없이 바위섬에 갇혔으니, 당장 지나가는 고깃배라도 못 만나는 날에는 다 죽게 생겼거든. 모두들 뭐 어떻게 해 볼 요량도 못하고 그냥 앉아서 죽기만 기다리는 판이야.

이때 아기장수가 슬그머니 나섰어. 일이 이 지경이 됐는데도 힘을 숨기느라 가만히 앉아 있어서야 될 말인가. 어쨌든 사람부터 살리고 봐야지. 나서서 마을 사람들한테 부탁을 했어.

"제가 한번 나서 볼 테니, 앞으로 어떤 일이 생겨도 소문을 내지 않겠다고 약속을 해 주십시오."

"그러고말고. 우리가 무슨 소문을 내겠느냐?"

모두에게 약속을 받고 아기장수가 바다로 슬쩍 뛰어드는데, 뭐 대청마루에서 안방으로 들어가듯 그냥 뛰어들어. 그러더니 물 위를 그냥 달리는 거야. 발목 한 치 물에 안 잠기고 사뿐사뿐, 마치 마른 땅 밟듯 물을 밟고 그냥 냅다 달려가. 걸음이 어찌나 빠른지 금세 해적을 따라잡았어.

그러고는 배에 올라서서 싸움을 벌이는 것 같은데, 뭐 아무것도 안 보여. 거리가 멀어서 그렇기도 하지만 그냥 먼지만 한 번 풀썩 일다가 말았지. 아주 잠깐 사이에 해적들을 다 쓰러뜨리고는 배를 몰고 돌아오는데, 그새 빼앗겼던 고기도 다 찾아서 싣고 와. 뭘 어떻게 했는지 몰라도, 칼 든 놈 여럿을 맨손으로 눈 깜짝할 사이에 다 당해 낸 거야.

그래 배를 찾아서 마을 사람들과 함께 집으로 돌아왔지. 아, 그런데 그 이튿날이 되니까 그만 소문이 쫙 퍼졌네. 아주 온 산지사방 다 퍼졌어. 아무개가 바다 위를 땅 밟듯 걷고 칼 든 도적 여럿을 눈 깜짝할 사이에 해치웠다고, 장수도 그런 장수가 없더라고 말이지.

발 없는 말이 천리 간다고, 소문이란 게 한번 나기가 얼마나 쉬워. 또 그게 어디 금방 숙지나? 퍼지고 퍼져서 임금 귀에까지 들어갔어. 임금은 소문을 듣고 당장 군사를 보냈네. 아기장수 잡는다고 군사들이 말을 타고 창을 들고 들이닥치니까 온 동네가 난리 났네그려.

군사들 온단 말을 듣고 아기장수는 얼른 뒷산 바위굴에 들어갔어. 식구들 친척들 다 데리고 들어갔지. 삼족을 다 데리고 들어갔는데 그 뒤로는 아무도 본 사람이 없대. 군사들이 굴속을 이 잡듯 뒤졌지만 발자국 하나 없대. 어디로 갔는지는 아무도 모르지.

마을 사람들 말로는 그 뒤로 가끔 뒷산 바위굴에서 사람 울음소리 같은 게 새어 나온다고도 하지만, 그것도 잘못 들은 건지 모르지.

백성들은 왜 영웅을 기다리는가?

아기장수 이야기는 우리나라 곳곳에 전해 오는 광포전설 중 대표가 될 만한 것이다. 그 줄거리와 화소는 각양각색이지만 대개 공통된 화소는 아기장수의 시련과 실패에 얽혀 있다. 가난한 백성의 집에 영웅이 태어나는 것으로 시작되어, 끝내 꿈을 이루지 못하고 주인공이 사라지면서 이야기가 끝난다. 영웅의 출현에 놀란 식구들이 스스로 아기장수를 죽이려 든다는 이야기가 흔하지만, 이 이야기에서는 아기장수가 자신의 존재를 숨기고 살아가는 것으로 되어 있다. 그러다가 우연한 기회에 아기장수라는 사실 알려지면서 비로소 시련이 닥치는데,

관군에게 쫓긴 주인공이 굴속에 들어가면서 이야기가 끝나 버려 조금 싱겁다는 느낌도 준다.

하지만 이 이야기에는 다른 각편에서 발견되지 않는 특이한 화소가 있다. 바로 마을 사람들을 구하기 위해 아기장수가 자신의 힘과 재주를 내보인다는 대목이다. 잘 알다시피 아기장수는 백성들의 꿈이 낳은 영웅이다. 그는 잘못된 세상을 바로잡으려는 사명을 가지고 태어난다. 그러기 위해 아기장수는 아무도 모르는 바위굴 속에서 군사를 기른다. 임금이 어떻게 해서든 이를 막으려고 애쓰는 까닭이 바로 여기에 있다. 즉, 아기장수는 백성들 눈으로 보면 세상을 구할 영웅이지만, 임금 눈으로 보면 자신의 자리를 노리는 역적이기 때문이다. "영웅이 나면 삼족이 죽는다."는 말이 모든 아기장수 이야기에 빠짐없이 나오는 것은 결코 우연이 아니다.

그런데 이 이야기에서 아기장수는 처음부터 세상을 구하려는 의지를 보이지 않는다. 그저 삼족이 죽는 것을 막기 위해 자신의 힘과 재주를 숨기고 살 뿐이다. 이 아기장수가 세상과 대결해야만 하는 운명을 타고 났는지, 그래서 언젠가는 군사를 길러 혁명을 일으킬지는 모른다. 이야기는 거기에 대해서는 침묵한다. 그 대신 마을 사람들이 곤경에 빠지자 그들을 구하기 위해 어쩔 수 없이 아기장수가 나서는 것으로 그렸다. 이는 세상을 구하기 위해 군사를 기르는 일보다는 분명히 격이 낮아 보인다. 하지만 그것이 오히려 주인공에게 더 진한 인간미를 느끼게 한다. 생각해 보라. 생존을 위해 자신의 특별한 힘마저도 숨기고 살던, 그래서 조금은 비겁해 보이기까지 한 어떤 장수가 이웃 사람들의 위기를 모른 체할 수 없어 위험을 무릅쓰고 나선다. 그 위험은 물론 자신과 식구들 친척들의 죽음이다. 결국 아기장수는 스스로 영웅이 되고자 한 것이 아니라 이웃을 위해 어쩔 수 없이 영웅의 길을 걷게 된다.

많은 이야기들은 아기장수의 비밀을 실토하는 이가 피붙이인 부모라고 말함으로써 비극을 극대화한다. 자신의 안녕을 위해 자식조차 권력에 팔아먹는 비정한 부모를 내세워 무기력한 백성들의 못난 모습을 그린 것이다. 또한 그렇게 함으로써 민중 영웅의 패배는 어쩔 수 없다는 식의 냉소에 가까운 현실 의식을 보여 주기도 한다. 하지만 이 이야기에서는 비밀을 실토하는 이가 다름 아닌 마을 사람들이다. 피붙이보다 덜 놀랍다마는, 정작 그들은 아기장수로부터 도움을 받은 당사자들이었다. 이것은 명백한 모순이다. 분명히 마을 사람들도 비밀이 알려지는 날에는 아기장수가 무사하지 못할 거라는 사실을 알고 있을 터이다. 그러면서도 다투어 소문을 냄으로써 끝내 아기장수를 위험에 빠뜨렸다. 말하자면 은혜를 원수로 갚은 셈인데, 이것은 민중의 패배 의식과 좌절감을 나타낸다는 점에서 다른 이야기와 같다.

아기장수 이야기는 우리를 슬프게 한다. 백성들은 영웅의 출현을 간절히 기다리면서도, 정작 그 영웅을 맞을 준비가 덜 된 자신의 모습을 꿰뚫어 본 것일까? 비록 온 세상을 구할 만한 영웅일지라도 자신에게 조금이라도 어려움을 끼친다고 판단되면 서슴없이 배반할 수 있는? 그래서 아흔아홉 사람이 한 사람에게 지배당하는 틀이 오랜 세월 동안 이어져 올 수 있던 것일까? 그래서 세상을 바꾸는 일이 그토록 어려웠던 말인가?

대중은 언제나 영웅을 기다린다. 옛날 영웅이 잘못된 세상을 바로잡기 위해 남몰래 군사를 기르는 혁명가였다면, 요새 영웅은 대중에게 '대신 겪기'의 즐거움을 주는 재주꾼이라는 점이 다를 뿐이다. 무슨 말이냐고? 큰 운동경기가 있을 때마다 신문과 방송은 재주 많은 운동선수 이야기로 떠들썩하지 않은가? 그리고 나라 곳곳에는 그 선수들을 기리는 대중의 손뼉 소리가 요란하지 않은가? 언뜻 보면 마치 그 '영웅'들이 대중에게 행복과 구원을 가져다주기라도 할 것처럼 보인다. 하지만 그 행복과 구원의 신기루는, 사실은 대중으로 하여금 아주 잠깐 동안 현실의 고단함을 잊게 만드는 마약일 뿐이다. 운동선수뿐 아니라 연예인도 정치인도 마찬가지다. "우리를 행복하게 해 다오!" 영웅을 우러르며 그에게 매달리는 순간 이미 대중은 세상의 주인이 아니다.

옛날에는 백성들이 세상의 주인이 되고 싶어도 도저히 그럴 수 없었다. 워낙 단단한 제도와 신분의 굴레가 백성들의 숨통을 죄고 있었기 때문이다. 그래서 백성들은 그저 하염없이 영웅을 기다릴 수밖에 없었다. 영웅이 나타나 억압의 굴레를 끌러 줄 때까지 스스로 움직일 수 없다는 걸 잘 알고 있었기 때문이다.

하지만 요새는 그렇지 않다. 마음만 먹으면 가난한 서민도 세상의 주인이 될 수 있다. 적어도 겉으로는, 틀림없이 그렇다. 누구나 입만 열면 "국민이 주인"이라고 말하지 않나. 그런데도 대중이 영웅을 필요로 한다면 이는 세상이 잘못되었기 때문이다. 대중은 영웅을 기다릴 것이 아니라 자신의 손으로 세상의 잘못을 바로잡아야 한다. 그러나 다들 알듯이 그럴 수 없다. 모두가 목을 빼고 영웅이 나타나기를 기다려야만 한다면, 그런 세상은 결코 좋은 세상이 아니다.

셋째 마당

이야기와 이야기

동자삼 이야기

누이방죽 이야기

피죽 십 년에 부자 되기

처녀귀신과 밴댕이선비

이여송과 초립둥이

손님 막는 비방

시골 도둑과 서울 도둑

임자 없는 금덩이

상자 속의 눈

동자삼 이야기

옛날 옛적 어느 곳에 젊은 내외가 홀어머니 모시고 아들 하나 데리고 살았것다. 홀어머니 연세로 말할 것 같으면 일흔하고도 다섯이요, 외동아들 나이는 이제 홉으로 다섯 살인데, 그렇게 네 식구가 이러저러 잘 살다가 죽었다고 하면 무슨 이야기가 되겠나.

한번은 홀어머니가 병이 들어 덜컥 자리에 눕더니 일어날 줄을 모르는구나. 효성 지극한 아들 며느리, 좋다는 약은 다 써 보고 용하다는 의원은 다 불러다 보여도 도무지 차도가 없더라는 것인데, 이쯤 되면 이야기가 앞으로 어찌 풀려 나갈지 대강 눈치 챘으렷다.

하루는 스님 한 분이 동냥을 하러 왔기에, 이 착한 부부 집안에 있는 곡식 항아리 바닥까지 싹싹 긁어서 다 퍼 줬거든. 그랬더니 스님이 고맙다고 절을 하고는, 집안을 이리 기웃 저리 기웃 살피고 고개를 이리 갸웃 저리 갸웃하더니 말 한마디 내놓는다.

"보아하니 댁에 우환이 있는 듯하오마는……."

"그렇습니다. 우리 어머님이 병환이 들어 석 달째 누워 계시는데 백약이 무효입니다. 무슨 방도가 없겠습니까?"

스님이 하늘 치어다보고 한숨짓고, 땅 내려다보고 한숨짓고, 이러기를 열두 번이나 하더니 또 말 한마디 내놓는다.

"한 가지 방도가 있긴 있소마는……."

"그럼 어서 가르쳐 주십시오."

이럴 때 옛소 하고 금방 가르쳐 주면 그게 어디 고명한 스님인가. 뜸을 들여도 한참 들여야 제격이지.

"그게 차마 하기 힘든 일이라서……."

"우리 어머니 살릴 일이라면 섶을 지고 불로 들라면 불로 들고, 돌을 지고 물로 들라면 물로 들겠습니다. 부디 가르쳐 주십시오."

"허, 그것 참……. 양주께서 하도 청하니 말씀은 드리겠소마는, 하란다고 그대로 하지는 마오."

이렇게 남의 간장을 어지간히 태우고 나서 한다는 말이,

"그 병에는 다른 약이 없고, 네댓 살배기 어린아이 삶은 물을 드셔야 낫겠습니다."

이러는구나. 그것 참 입에 올리기조차 섬뜩한 말 아니냐.

스님이 간 뒤에 부부가 의논을 하기를,

"여보, 우리 아이가 마침 다섯 살 먹었으니 딱 되지 않았소?"

"그래요, 아이야 또 낳으면 되지만 우리 어머님 목숨은 하나뿐이니까요."

하고서는, 가마솥에 물을 하나 가득 붓고서 그냥 장작불을 들입다 땠것다.

그 다음에는 차마 말을 못하겠으니 한 대목 껑충 건너뛰겠네.

아무튼 그렇게 해서 가마솥에 삶은 물을 한 사발 퍼서 어머니께

드렸거든. 아, 그랬더니 병이 깊어 정신이 오락가락하던 어머니가 그 물 첫 사발 마시고는 눈을 번쩍 뜨네그려. 또 한 사발 드렸더니 둘째 사발을 마시고는 부스스 일어나 앉고, 또 한 사발 드렸더니 셋째 사발을 마시고는 벌떡 일어나 춤을 덩실덩실 추더라지.

"에루화 좋을시고, 내 병이 다 나았네."

이렇게 해서 어머니를 살려 났지.

그러고 나니까 밖에서 아이가 하나 쫓아 들어오는데,

"엄마, 엄마."

이러면서 깡충깡충 들어오거든. 가만히 보니까 저희 아들일세. 아, 아까 분명히 가마솥에 넣은 아들이 밖에서 놀다가 들어온단 말이야.

"아이고, 이게 웬일이냐? 우리가 도깨비한테 홀렸나?"

하고서 가마솥 뚜껑을 열어 들여다보니까, 그 안에 글쎄 천 년 묵은 동자삼이, 어린애 몸집만큼 큼지막한 게 들어 있더라는 이야기.

눈높이와 선 자리

미리 말해 두지만, 이 이야기는 어른이 읽기만 하고 아이들한테는 들려주지 말기 바란다. 왜 그러냐고? 이제부터 그 까닭을 말하련다.

우리 옛이야기 중에는 효도나 충성, 정절과 신의 같은 전통 유교 도덕을 주제로 한 것이 많다. 이 가운데는 오늘날 더는 쓸모없는 낡은 관념도 있지만, 소중히 여기고 이어받아야 할 덕목도 있다. 효도도 물론 그중 하나이다. 옛날과 달리 나이 많음이 오히려 차별과 따돌림의 기준으로 떠오르는 오늘날 세태를 생각하면, 더욱이 효도는 버려야 할 낡은 이념이 아니라 온전히 살려 내야 할 소중하고도 아름다운 가치라 할 만하다.

그런데 문제는 그 주제를 드러내는 방식에 있다. 아무리 목적이 좋아도 이루는 방법이 나쁘면 오히려 안 하느니만 못한 일이 될 수 있다는 말이다. 가령 어떤 사람이 이웃의 물건을 훔쳐 다른 이웃을 도와주었다 치자. 뜻이 아무리 가상하다 해도 우리는 그런 일을 옳다고 하지 않는다. 더구나 그와 같은 행동을 떠받들고 권장하는 것은 상상조차 할 수 없다. 효도 또한 마찬가지다. 효도가 아무리 귀한 가치라 해도, 오히려 그렇기 때문에 어디까지나 정당한 방법으로 실천해야 한다.

위 이야기에서 젊은 부부는 효도를 위해 어린 아들을 희생한다. 그 것도 '가마솥에 넣고 삶는' 끔찍한 방법으로! 이것을 과연 옳은 일이라 할 수 있는가? 교훈이 담겨 있기 때문에, 목적이 정당하기 때문에 괜찮다고? 정말 그럴까?

만약에 아이들이 이 이야기를 듣는다면 어떻게 생각할까? 주인공 격인 젊은 부부와 자신을 동일시하여 그 효성에 감동 받을까? 천만의 말씀. 보통 아이들이라면 누구나 '할머니 때문에 억울한 죽음을 맞는' 어린아이 편에 서서 이야기를 들을 것이다. 그리고 감정이입 상태가 되면 될수록 부모의 야만에 몸서리치며, 끝내 멀쩡한 사람을 그 지경에 몰아넣은 효도를 원망하게 될지도 모른다. 이것은 우리가 바라는 바가 아니다.

혹, 이야기의 결말이 나쁘지 않기 때문에 괜찮을 거라 생각할 수도 있다. 물론 이야기를 듣는 아이들은 끝에 가서 실제로 가마솥에 삶긴 것이 아이가 아니라 산삼이었다는 사실을 알고 가슴을 쓸어내릴 것이다. 하지만 그것이 이미 받은 충격까지 없애지는 못한다. 게다가 이 이야기의 초점은 결말이 아니라 부부가 효도를 위해 아이를 죽이기로 결심한 과정에 있다. 그것으로 이야기는 이미 충분히 야만스럽다.

부모를 위해 아이를 희생시키는 이야기의 원조라 할 만한 것이 『삼국유사』에 실려 있는 효자 손순 이야기다. 손순은 가난한 품팔이꾼으로, 아들이 홀어머니 먹을 것을 자꾸 가로채자 아내와 의논하여 아들을 땅에 묻기로 한다. 그런데 땅을 파자 돌로 만든 종이 나와 마음을 고쳐먹고, 그 돌종 소리를 들은 임금한테서 상을 받아 잘 산다는 이야기다. 이 이야기는 그 뒤로 수많은 변종들을 낳으며, 조선 시대 『삼강행실도』 같은 책에 단골 소재가 되면서 민간에 퍼져 나갔다. 이런 이야기를 퍼뜨린 이들의 의도는 명백하다. 즉 '어리석은' 백성들을 '교화' 하기 위해서다.

여러분은 혹시 어렸을 때 '에밀레종 이야기'를 들은 적이 있는가? 있다면 그 기억을 다시 찬찬히 떠올려 보기 바란다. 절절한 공덕으로 종소리를 완성시키는 정성이 잔잔한 감동으로 남아 있는가, 아니면 뜨거운 쇳물에 어린아이를 넣는 대목이 끔찍한 충격으로 남아 있는가? 아마 거의 모든 사람이 뒤쪽에 손을 들 것이다. 이것은 이야기를 들을 때 자신도 모르게 아이 편이 되었기 때문이다. 죽은 아이 편에서, 그 아이 눈으로 이야기를 듣는데 어찌 몸서리치지 않을 수 있겠는가.

동자삼, 또는 손순 이야기가 부모(효도)를 위해 아이를 희생했다면, 에밀레종 이야기는 종소리(종교)를 위해 아이를 희생한다. 무언가를 이루기 위해 아이를 버린다는 발상은, 아이를 존엄한 사람으로 보지 않고 한갓 소유물로 본 데서 비롯된다. 소유물 중에서 가장 소중한 것을 선뜻 내놓는 정성을 보여 줌으로써 주제를 극대화한 것이다. 이런 이야기는 모두 이념과 관념을 앞세운 어른들이 만들어 냈다.

이야기를 받아들일 때는 그 '선 자리'가 무엇보다 중요하다. 동자삼 이야기도 어른 편에서 보면 감동스러울 수 있다. 젊은 부부는 효도를 위해 자신에게 가장 소중한 것을 버렸으니 말이다. 하지만 선 자리를 아이 쪽으로 한 걸음만 옮겨 보면 그것은 끔찍스러운 폭력과 야만에 지나지 않는다.

에밀레종 이야기도 마찬가지다. 공덕을 이루려는 임금 처지에서 보면 비장하고 아름다운 이야기일 수 있다. 하지만 희생된 아이 편에서는 두 번 다시 듣고 싶지 않은 이야기가 되는 것이다.

오늘날 우리가 옛이야기를 되살리고자 할 때, 이야기에 담긴 생각이 옳으냐 그르냐만을 따지며 머물러서는 안 되는 까닭이 여기에 있다. 아이들에게 이야기를 들려주는 어른은 잠깐만이라도 아이들 자리에서 이야기를 새겨보아야 한다. 선 자리가 중요한 것이다.

요새 들어 "아이들 눈높이에 맞춘다."는 말을 내남없이 많이 하는데, 이것이 정말로 아이들 자리에 서서 그들 처지와 정서를 대변한다는 뜻으로 하는 말인지 모르겠다. 행여 수준을 좀 낮췄다는 뜻으로 쓰고 있지나 않은지? 이를테면, 위에 들려준 동자삼 이야기를 재미난 글과 알록달록한 그림에 실어 내놓으면서 "아이들 눈높이에 맞추었다."고 말할 수 있을까? 입만 열면 아이들을 위한다고 하는, 나를 포함한 이 땅의 많은 어른들은 이제부터라도 정말 선 자리를 돌아봐야 할 것이다.

누이방죽 이야기

옛날 옛적 어느 곳에 오누이가 살았는데, 둘 다 천하에 둘도 없는 장사였것다. 얼마만큼 힘이 세었는고 하니, 서 말들이 절구통을 한 손으로 던졌다 받고 아름드리나무를 뿌리째 쑥쑥 뽑았거든. 그만하면 하늘이 낸 영웅 아닌가.

둘의 힘이 어금버금했지마는 굳이 길고 짧음을 대자면 오라비보다 누이동생이 나아서, 길을 가도 누이가 빨리 가고 짐을 져도 누이가 많이 졌던 것이다. 누이는 그게 미안하고 무안한지라 길을 갈 때는 부러 오라비보다 늦게 가고 짐을 질 때는 부러 오라비보다 힘을 덜 쓰며 오라비가 저 때문에 기죽지 아니하게 그저 삼가고 조심하며 살았는데.

세월이 흘러 둘의 나이 열대여섯 살씩 되었을 때, 하루는 벼슬아치가 병사들을 거느리고 와 마른하늘에 날벼락 같은 말을 하는구나.

"한집에 영웅이 둘이라니 괴이하다. 너희들을 그냥 두면 반드시 역적이 될 것인즉, 일찌감치 죽이라는 나라의 영을 받고 왔노라."

오누이가 마음만 먹으면 싸우자 해도 그깟 병사들쯤 한주먹에 때려눕힐 것이고 도망을 가자 해도 한달음에 천 리를 갈 것이다마는, 나라의 영을 받고 온 병사들이 무슨 죄 있으며 또한 그랬다가 뒷일을 어찌 감당할 것이냐. 하릴없이 땅바닥에 엎드려 손이 발이 되도록 빌었것다.

"나리, 부디 살려 주오. 우리 남매 죽고 나면 불쌍한 우리 부모 누가 봉양한답니까?"

울며불며 빌었더니 벼슬아치 하는 말이,

"둘 중 한 목숨이라도 살려면 이렇게 해라. 너희 둘이 힘내기를 하되, 하나는 바위로 성을 쌓고 하나는 쇠신을 신고 오백 리 떨어진 절에 있는 돌종을 치고 오너라. 누구든지 빨리 끝내는 쪽이 이길 것이며, 이기는 쪽이 살 것이다."

이러거든. 생각하니 두 목숨 다 죽기보다는 한 목숨이라도 사는 게 나으리라.

오누이가 그 길로 힘내기를 시작하는데, 오라비는 쇠신을 신고 돌종을 치러 가고 누이는 마을에 남아 바위성을 쌓았구나. 누이동생으로 말하자면 딸자식으로 태어나 눈치 보며 숨죽이고 사느라 지금껏 한번도 힘을 제대로 쓰지 못했거든. 이제서야 힘을 마음껏 쓰니 신명이 절로 난다. 십 리 밖 바위산을 나는 듯이 달려가서 두 아름 큰 바위를 치마폭에 담쑥 담아 물 찬 제비처럼 훨훨 달려오는데.

사흘 밤 사흘 낮을 쉬도 않고 자도 않고 바위를 날라 차곡차곡 쌓아 가니, 사흘째 되는 날 해가 솟을 무렵에는 성 모양 다 되었고 빈자리 딱 하나 남았구나. 마지막 바위 하나 치마폭에 담아 와서 막 올려놓으려는데, 이때 난데없이 늙으신 어머니가 앞을 막아서네.

"어머니, 여긴 웬일이오? 늙고 약한 몸으로 어찌 예까지 나왔소?"

"얘야, 집채만 한 바위로 성 쌓기가 좀 힘들겠느냐. 게다가 사흘 밤낮을 쉬도 자도 않았으니 그 고생은 좀 클 테냐? 내가 너를 생각해서 팥죽을 쒀 왔으니 어서 먹고 기운 차려 하던 일을 마저 해라."

팥죽 한 그릇을 내놓기에 선 채로 받아 한 숟갈 떠먹으려니, 아뿔싸 솥에서 금방 나온 팥죽이라 뜨겁기가 불과 같다. 후후 불어 식힌 뒤에 겨우 한 모금 넘기니, 팥죽 한 숟갈 먹는 데 해가 한 뼘이나 가는구나.

"어머니, 이게 웬일이오? 이 팥죽 뜨겁기가 불에 달군 솥전 같소."

"죽은 뜨거워야 맛나는 법이다. 후후 불어 천천히 먹어라."

그제야 누이 정신이 번쩍 나네.

"성 쌓는 일에 신명을 내느라 다른 생각 못했더니, 이제 보니 오라비 목숨이 내 손에 달렸구나. 돌종 치러 간 오라비가 아직 돌아오지 않았으니, 이 바위 올려놓으면 내기는 그대로 끝날 테고, 내기가 끝나면 이긴 나는 살지마는 진 오라비는 어찌 되나. 이 팥죽에 든 건 다른 게 아니라 아들 목숨 살리려는 어머니 마음일세. 알았소, 어머니. 걱정 마오. 이 팥죽 오라비 올 때까지 다 먹지 않을 테요."

누이가 짐짓 맛있는 듯 팥죽을 한 숟갈 한 숟갈 떠 후후 불며 천천히 먹는데, 가슴은 미어지고 목은 꺽꺽 막히고 눈에서는 눈물이 비 오듯 쏟아진다.

"애고애고 서러워라, 딸의 팔자 서러워라. 살아도 죽은 듯이 있어도 없는 듯이 숨 한번 크게 못 쉬고 오늘까지 살았더니, 이제 오라비 목숨 살리려고 죽는 길로 가는구나. 사람 목숨 다 중하단 말 누가 지어낸 말이더냐. 아들 목숨이 중하지 딸 목숨도 중하던가."

눈물 반 죽 반 섞인 것을 한 입 먹고 울고 두 입 먹고 우느라고 팥죽 한 그릇 다 먹는데 온 하루가 걸렸구나. 어느덧 해가 뉘엿뉘엿 서산으로 기우는데, 이때 저 멀리서 오라비가 쇠신을 신고 절뚝절뚝 마을로 들어선다. 팥죽 그릇 들고 선 누이 앞에 다가와 보더니,

"내가 늦은 줄 알았더니 이것이 웬일이냐? 네 성에 분명 바위 한 개가 모자라니 내가 이긴 게 틀림없지."

하니, 누이가 그 말을 기다려,

"틀림없소, 오라버니가 이기고 내가 졌소. 부디부디 잘 사시오."

하고는 성큼성큼 방죽으로 걸어가서 강물로 펄쩍 몸을 날렸다네.

그 뒤부터 사람들이 이 방죽을 가리켜, 오라비 대신 누이가 죽었다고 누이방죽이라 하였다는, 그런 슬픈 이야기.

편견과 차별에 맞서는 길

이 이야기는 우리나라 곳곳에 전해지는 「오누이 힘내기」 전설 중 하나이다. 각편 중에는 오라버니와 여동생 대신 누나와 남동생이 주인공으로 나오는 이야기도 있고, 힘내기 방식이 아주 다른 이야기도 있다. 힘내기를 하게 되는 까닭도 여러 가지로 설명된다. 하지만 어느 이야기나 똑같은 것이 있으니, 바로 결말이다. 누이가 힘이 더 세고 재주가 많은데도 끝내 내기에 지고 목숨을 잃게 된다는 것이다. 이 이야기가 말하고자 하는 바는 대체 무엇인가?

구전되는 옛이야기는 어느 것이나 귀하고 중하지만, 옥에도 티가 있듯이 흠집이라 할 만한 것도 없지 않다. 그중 하나가 여성에 대한 편견과 차별이다. 많은 옛이야기들이 아들 낳는 것을 서슴없이 경사라고

말하면서 딸을 낳으면 섭섭해 하는 부모 모습을 아무렇지도 않게 그려 낸다. 여자에게 필요한 미덕은 순종과 정절뿐이라고 말하는 이야기도 흔치는 않지만 더러 있다. 어쩌면 우리는 여필종부니 삼종지도니 하며 드러내 놓고 여성을 차별하는 유교 이념보다, 이야기 속에 은근히 녹아 있는 성 차별 의식을 더 경계해야 할지도 모른다.

이야기는 백성들의 삶 속에서 태어났으므로, 옛이야기가 그 시대 삶의 모습을 자로 잰 듯 담아낸 것은 전혀 놀랄 일이 아니다. 성 차별이 당연한 것으로 받아들여지던 시대라면, 그것이 이야기 속에 녹아드는 것도 당연한 일이다. 중요한 것은 옛이야기 속에 그런 모습이 들어 있느냐 아니냐가 아니라, 어떤 모습으로 들어 있느냐를 가리는 것이다. 이야기가 차별과 편견을 감싸고 부추기는지, 드러내고 나무라는지를 눈여겨봐야 한다는 말이다.

이 누이방죽 이야기는 두말할 나위도 없이 성 차별을 다룬 이야기다. 그런데 조금만 눈여겨보면 알겠지만 이야기는 이 문제를 현실로 받아들이기보다 오히려 왜 그래야만 하느냐고 되묻고 있다. 이야기를 다시 살펴보자. 어떤 사정 때문에 오누이는 힘내기를 하게 되고, 내기에서 진 사람은 목숨을 잃는다. (내기를 해야만 하는 까닭이 여기서는 '권력의 강요'로 설정되어 있다. 이것은 「아기장수」전설에 나오는 화소와 같은데, 이 화소가 민중성이 뛰어난 것은 사실이지만 주제와 바로 이어지는 것은 아니기 때문에 뒤로 밀쳐 두기로 한다.) 상식대로라면 더 힘세고 재주 많은 누이가 당연히 내기에서 이겨야 한다. 실제로 누이는 이기기 바로 전까지 간다. 그런데 갑자기 난데없는 훼방꾼이 나서서 판을 뒤집는다. 놀랍게도 그 훼방꾼은 오누이의 친어머니다.

이것이 이 이야기의 고갱이다. 이야기는 결국 피붙이인 친어머니의 훼방으로 목숨을 잃는 딸자식의 한과 억울함을 말하고자 하는 것이다. 딸은 팥죽을 갖다 주는 어머니의 속마음을 알아차리자, 두말없이 스스로 내기에서 지고 목숨을 끊는다. 각편에 따라서는 어머니의 등장 없이 누이 혼자서 오라비를 살리기 위해 목숨을 버린다는 이야기도 있지만, 비장함으로 보면 이 이야기에 미치지 못한다. 핏줄도 어쩔 수 없을 만큼 무거운 차별의 굴레가 같은 여자인 어머니의 손으로 더 단단히 조여지면서 비극이 고비로 치닫는 것이다.

이야기가 편견과 차별에 맞서는 방법은 두 가지가 있을 터이다. 하나는 주인공이 당당히 억압과 싸워 이기는 모습을 보여 주는 것이고, 또 하나는 주인공이 현실의 무게를 감당하지 못하고 물러서는 비극을 그리는 것이다. 이 이야기는 물론 뒤의 것에 속한다. 이 경우 이야기는 비록 슬픈 결말로 치닫지만, 억압에 맞서는 강도로 보면 결코 앞의 것에 뒤지지 않는다. 현실이 어려울 때는 그 모습을 곧이곧대로 보여 주는 것만으로도 그 어떤 설명보다 치열한 저항이 될 수 있다. 그래서 듣는 이가 이런 이야기를 듣고 현실의 부조리를 느끼며 고개를 갸웃거리기만 한다면, 그것으로 이야기는 그 구실을 다했다고 할 것이다.

피죽 십 년에 부자 되기

예나 이제나 가난뱅이 설움은 안팎에서 들고나는 설움이라, 안에서는 배곯는 설움이 나고 밖에서는 남의 괄시 받는 설움이 드는 법이거든. 오늘은 가난뱅이 설움 면한 얘기 하나 해 볼까나.

옛날 옛적에 한 농사꾼 총각이 살았는데, 살림이 좀 가난했어. 나이가 차서 장가를 갔는데, 운이 좋은 건지 나쁜 건지 부잣집 셋째 딸한테 장가를 들었네. 처가에를 떡 가 보니, 위로 두 동서는 천석꾼 만석꾼 집에서 장가를 온 지라 입성부터가 으리으리한 판이야. 비단 공단 직령도포에 금관자 옥관자가 번쩍번쩍한단 말이지. 그 앞에 서 있으니 셋째 사위는 참 잉어 앞에 망둥이요 황새 앞에 뱁새일세.

그것만으로도 큰 설움이련만, 장인 장모는 한술 더 떠 아주 대놓고 셋째 사위를 괄시하네그려. 가령 큰사위 둘째 사위가 오면 버선발로 달려 나가 아이고 자네 왔는가 하다가도 셋째 사위가 오면 그냥 앉은자리에서 인사를 받아. 큰사위 둘째 사위한테는 씨암탉을 잡아 바치면서도 셋째 사위한테는 찬밥에 나물 반찬이 다야. 이러니 안에서 나는 설움은 둘째 치고 밖에서 드는 설움이 커서 살 수가 있나.

설움이 쌓이고 쌓이면 한이 되는 법. 하루는 이 가난뱅이 셋째 사위가 아주 마음을 단단히 먹고 아내한테 의견을 냈어.

"여보, 이럴 게 아니라 우리도 한번 가난을 면하고 살아 봅시다."

"좋은 생각이긴 하오만, 무슨 수로 가난을 면해요?"

"앞으로 십 년을 작정하고 돈을 모아 봅시다."

"작정한다고 돈이 절로 모일까요?"

"이렇게 합시다. 이 길로 산속에 들어가 움막을 짓고 산밭을 일구어 농사를 짓되, 날마다 새벽별 보고 나가 저녁별 보고 들어옵시다. 그리고 십 년 동안 피죽을 먹되, 한 사람이 한 끼에 한 그릇씩 정해 놓고 먹읍시다. 만약 내 손님이 오면 내 몫을 대접하고, 당신 손님이 오면 당신 몫을 대접하여 한 그릇이라도 덤으로 축나는 일이 없게 합시다. 그렇게 십 년을 작정하고 살면 돈이 좀 모이지 않겠소?"

듣고 보니 그럴 듯한 말이지. 만약 그리하고도 돈이 모이지 않으면 그건 사람 탓이 아니라 하늘 탓 아니겠나.

"좋아요. 그리해 봅시다."

두 내외가 그 길로 짐을 싸서 산속에 들어가 움막을 짓고 구메농사를 지었것다. 날마다 새벽별 보고 집을 나가 산을 파고 씨를 뿌리고 물을 대고 김을 매고, 어두워진 뒤에야 저녁별 보고 들어왔지. 날마다 아침에 피죽을 쒀서 동이에 담아 뒀다가, 끼니때가 되면 저울에 단 듯 한 사람이 한 그릇씩만 먹고 견뎠어. 입이 써도 피죽 한 그릇, 허기가 져도 피죽 한 그릇, 그저 죽으나 사나 한 끼에 피죽 한 그릇씩만 먹고서 죽자 사자 일만 하는 거야.

가랑비에 옷 젖고 방울 물이 무쇠도 뚫는다고, 사람이 이렇게 작정하고 시작하는데 일이 안 될 리 있나. 손발이 부르트도록 일을 하니 농사인들 어찌 안 되며, 날마다 피죽만 먹고 사니 곡식인들 어찌 안 모이랴. 두어 해가 지나니 논밭이 여러 떼기 생기더니, 서너 해가 지나니 곳간에 곡식이 제법 실하게 쌓이네. 대여섯 해가 지나니 개돼지와 마소가 집안에 가득 차고, 일여덟 해 뒤에는 돈궤에 돈이 슬슬 쌓이기 시작하니 처음 작정대로 돼 가는 거지.

한번은 본가에서 형이 다니러 왔는데, 이 손님은 남편 손님이라고 끼니마다 남편 몫으로 피죽 한 그릇씩 떼어 대접했지. 그러느라고 남편은 제 몫이 없어 쫄쫄 굶는 판인데, 손님은 사정도 모르고 대접이 부실하다고 서운해 하며 돌아가네. 또 한번은 처가에서 장인이 왔는데, 이 손님은 아내 손님이라고 끼니마다 아내 몫으로 피죽 한 그릇씩 떼어 대접했지. 그러느라고 정작 아내는 제 몫이 없어 쫄쫄 굶는 판인데, 사정을 모르는 손님은 사람의 인사가 아니라고 혀를 차며 돌아가네.

그러거나 말거나 한번 작정한 것을 어기지 않고 피죽만 먹으며 억척같이 일해서, 과연 십 년을 채우고 나서는 제법 큰 부자가 됐어. 천석꾼 만석꾼은 아니더라도 남한테 주눅은 안 들고 살 만큼 됐단 말이지.

그래 딱 십 년이 되는 날 소 잡고 닭 잡아 바리바리 싣고 처가에 가서, 그동안 사정 이야기를 주저리주저리 다 했지. 그랬더니 장인이 듣고 하는 말이,

"어이쿠, 그때 내가 삐쳐서 일찍 오길 잘했지, 며칠 더 묵었더라면 우리 딸 굶어 죽을 뻔했구나."

하더라는 얘기.

옛이야기, 희망을 말한다

이 이야기 줄거리는 별날 게 없다. 설움 받던 가난뱅이가 마음을 다 잡고 억척같이 일해서 끝내 부자가 됐다는 것이다. 어찌 보면 너무 싱겁고, 또 어찌 보면 식상하다. 하지만 이 이야기에는 가난한 백성들의 꿈이 담겨 있다. 비록 신분까지는 뛰어넘을 수 없어도, 부지런히 일하면 누구나 부자가 될 수 있다는 희망이 그것이다.

사실 이런 이야기에는 한 가지 함정이 숨어 있다. 뭔고 하니, 자칫하면 모든 가난을 개인의 게으름 탓으로 돌리는 편견에 빠질 수 있다는 것이다. "부지런하면 부자 된다."는 말을 뒤집으면 "가난한 건 게으르기 때문이다."는 뜻이 되지 않나. 실제로 가난은 개인의 문제라기보다 사회 구조 때문인 경우가 더 많은데 말이다.

이 이야기를 만든 사람들도 그것을 알고 있던 듯하다. 주인공은 애당초 게으름뱅이가 아니었고, 부지런히 일하는 것과 함께 '피죽 한 그릇'으로 상징되는 지독스런 아낌으로써 가난을 벗어난 걸 보면 그렇다. 즉, 이야기는 가난의 원인을 따지기보다는 그것을 벗어나는 방법을 말하고 있다. "우리는 우리가 왜 가난한지 알고 있다. 그것은 우리 탓이 아니다. 하지만 우리는 가난을 벗어나고 싶고, 희망을 품고 살아가고 싶다." 이 이야기가 말하고자 하는 바는 바로 이것이다.

옛말에 "가난 구제는 나라도 못한다."고 했다. 언뜻 보면 체념 섞인 말 같지만, '나라도'라고 할 때 '도'자 속에 미묘한 뜻이 숨어 있다. 그러니까 가난 구제는 본디 나라가 해야 하지만, 하도 가난이 모질어서 나라도 구하지 못할 지경이라는 뜻이다. 대놓고 가난 구제는 나라가 할 일이 아니라고 말하는 것보다는 그나마 낫지 않은가. 이처럼 옛날 왕조시대에도 사회를 보는 건강한 눈길이 있었고, 바로 그런 것이 역사를 짊어지고 오지 않았나 하는 생각이 든다.

부자 되는 법을 말하는 옛이야기 중에는 이런 것도 있다. 어떤 가난뱅이가 부자 되는 비결을 알려고 천석꾼에게 가서 물었다. "어떻게 하면 부자가 될 수 있소?" 부자는 가난뱅이로 하여금 사다리를 타고 나무에 오르게 한 다음, 사다리를 치워 버렸다. 가난뱅이는 떨어지지 않으려고 죽자 사자 나뭇가지에 매달려 있을 수밖에 없었다. 그제야 부자는 말했다. "바로 이것이오. 그 나뭇가지를 붙잡는 것처럼 돈이 생기면 놓지 마시오. 그러면 부자가 될 것이오." 이렇듯, 옛날에는 무조건 아끼는 것만으로도 부자 되는 것이 가능했다.

위 이야기에서도 가난뱅이는 십 년 동안 한 끼에 피죽 한 그릇만 먹으며 지독히 아낀 끝에 부자가 된다. 하지만 요새는 그런 일이 불가능하다. 우선 덮어놓고 아끼는 일이 무척 힘들다. 자본이 지배하는 사회는 개인을 소비하는 부품쯤으로 여기기 때문에, 소비하지 않으면 적응조차 못하게 된다. 만약 위 이야기의 주인공이 요새 살았다면, 십 년이 아니라 열흘도 버티지 못했을 것이다.

또, 설령 그렇게 아끼는 일이 가능하다 해도 부자는커녕 부자 근처에도 갈 수 없다. 자본은 끊임없이 자기 자신을 불리려 들기 때문에 돈 없이 돈 버는 일은 상상조차 할 수 없다. 요새 월급쟁이가 서울 강남에

집 한 채를 장만하려면 안 먹고 안 입고 안 쓰고 꼬박 70년이 걸린다고 하지 않나. 옛날에는 무조건 아끼고 뼈 빠지게 일하는 것으로 부자가 될 수 있었지만, 요새 부자는 대물림된다. 마찬가지로 가난도 대물림된다. 위 이야기처럼 부지런히 일하고 아껴 써서 부자 되는 일은 헛된 꿈에 지나지 않는다.

몇 십 년 전까지만 해도 개천에서 용 나는 일이 가끔 있었다. 가난한 집 자식이 머리 싸매고 공부해서 고관대작이 된다든지, 못 배운 사람이 이를 악물고 일해서 자수성가했다는 소문이 여기저기서 심심찮게 들렸다. 그러나 요새는 그게 안 된다. 이른바 사교육비 때문이고, 자본의 속성 때문이다. 밑천을 들이지 않고는 성공이 어렵다는 건 요즘 세상에서 상식에 속한다.

위 이야기에서 가난뱅이로 하여금 십 년 동안 피죽으로 버티게 한 힘은 다름 아닌 희망이었다. 비록 지금은 어렵고 힘들더라도 언젠가는 형편이 달라질 수 있다는 희망이 모든 고달픔을 잊게 한 것이다. 산에 오르는 사람이 힘을 낼 수 있는 것은 언젠가는 산꼭대기에 이를 수 있다는 믿음 때문이다. 만약 목적지도 희망도 없이 끝없이 오르기만 해야 한다면, 산에 오를 수 있는 사람은 세상에 없을 것이다. 지금 우리가 사는 세상에 과연 가난한 이들이 부푼 꿈을 안고 오를 만한 희망의 산이 있는가?

그래도 희망은 버리지 않아야 하는 건지 모르겠다.

처녀귀신과 밴댕이선비

날도 우중충하니 오늘은 귀신 이야기나 하나 해 볼까.

옛날 한양에 한 선비가 살았는데, 한번은 볼일로 먼 길을 가게 됐어. 가다가 날이 저물어 주막에 들었지. 아, 그런데 주막집 처녀가 문틈으로 선비 풍채를 보고 그만 첫눈에 반해 버렸네. 처녀가 어지간히 담이 컸던지, 그날 밤에 선비를 찾아가 자기 마음을 털어놨어.

"서방님, 낮에 서방님을 한번 뵌 후로 그 모습이 마음에서 떠나지 않아 부끄러움을 무릅쓰고 이렇게 찾아왔습니다. 만약 저를 데려가 주시면 평생을 두고 모실 것이나, 그게 어려우면 하룻밤 말동무라도 되게 해 주십시오."

제 발로 찾아가 이만한 말을 하자면 그 얼마나 큰마음을 먹었겠나. 몇 번을 망설인 끝에 용기를 내지 않았겠나. 이쯤 되면 그 정성에 탄복이라도 할 만한데, 이 선비는 생긴 것과 달리 소갈머리가 똑 밴댕이 콧구멍만 했던지 그걸 못 봐줬네.

"이런 요망한 것이 있나. 천한 것이 감히 여기가 어디라고 함부로 들어왔느냐? 어서 물러가거라."

그쯤 하고 말면 좋았을 텐데, 그 길로 안채에까지 찾아가서 또 호통을 한 바가지 늘어놨겠다.

"도대체 이 집 주인은 자식 교육을 어떻게 시켜 놨기에 저토록 버릇이 없는가? 처녀의 몸으로 장부 방에 들어온 것도 해괴하거늘, 할 말 못할 말을 가리지 않으니 양반을 우습게보지 않고서야 어찌 이럴 수 있단 말인가?"

온 동네가 떠들썩하게 야단을 쳐 놓으니 참 기가 막히는 일이로세. 처녀는 선비한테 무안을 당한 것만 해도 쥐구멍을 찾을 지경인데, 부모한테 야단맞고 온 동네 남우세까지 받고 보니 이러고도 살 마음이 있을 텐가. 그만 대들보에 목을 매어 숨을 끊고 말았구나.

그 일이 있고 나서 선비는 볼일을 다 보고 한양으로 돌아가게 됐는데, 가는 길에 스님 한 분을 만났어. 스님이 선비 얼굴을 이리 보고 저리 보고 한참 뜯어보더니 하는 말이,

"잘 생긴 얼굴에 살기가 끼었으니 해괴합니다. 죄가 있으면 씻어야 하고 잘못이 있으면 빌어야지, 그렇지 않으면 크게 뉘우칠 날이 있을 것입니다."

하거든. 그래도 선비는 대수롭지 않게 여기고 한양으로 올라갔어.

한양 올라가서 곧 벼슬을 얻었는데, 무슨 벼슬인고 하니 장군 벼슬이야. 마침 나라에 난리가 나서 군대를 이끌고 싸움터에 가게 됐지. 적군과 마주쳐 진을 치고 나서, 큰 싸움을 하루 앞두고 잠을 잤거든. 자는데 꿈속에 그 처녀가 나타났어. 그때 대들보에 목매달고 죽은 처녀 말이야. 나타나서 하는 말이,

"서방님, 그때 저를 잘 깨우쳐 주신 보답으로 한 가지 귀띔을 해

드리러 왔습니다. 내일은 물가에서 싸움을 벌여야지, 만약 산속에서 싸움을 벌이면 반드시 질 것이니 명심하십시오."

이런단 말이야. 그것도 한 꿈에 내리 세 번이나 나타나 똑같은 말을 하니, 이걸 그냥 지나칠 수 없겠거든.

그래서 다음날, 처녀가 시킨 대로 물가에서 싸움을 벌였어. 그래서 이겼느냐고? 천만의 말씀. 단박에 지고 말았지. 산속에서 싸웠더라면 이겼을 것을, 물가에서 싸우는 바람에 진 거야. 싸움에 져서 죽을 때, 언뜻 보니 공중에 그 처녀가 머리를 풀고 나타나 크게 웃더래.

"아하하, 꼴좋다. 그래, 남의 눈에 눈물 내고 네 눈에 피눈물 나는 일이 없을 줄 알았더냐?"

하면서 말이야.

귀신 이야기와 현실, 또는 귀신을 보는 눈

이 이야기는 신립 장군에 얽힌 전설 중 하나이다. 주로 중부지방에서 전해지는 것으로, 여러 가지 유형이 있지만 공통된 줄거리는 버림받고 원한을 품은 처녀의 훼방으로 신립이 탄금대 싸움에서 크게 진다는 것이다. 각편에 따라서는 신립이 처녀를 만날 때 괴물 또는 간부 퇴치 화소가 나타나기도 한다.

이와 비슷한 이야기로, 양반 댁 도령을 사모한 이방 딸이 상사병에 걸렸다가 끝내 거절되고 죽은 뒤 상사뱀이 되어 그 집 식구들을 괴롭힌다는 「조월천 전설」이 있다. 조월천 이야기 또한 신립 장군 이야기와 마찬가지로, 양반인 남자가 처녀를 배척하는 까닭이 신분 차이에 있다. 즉 상것이 감히 양반에게 마음을 두니 괘씸하다는 것이다.

우리는 이 이야기에서 한을 품은 여인이 끝내 자신을 버린 남자를 용서하지 못하는 비극을 만나지만, 이것은 단순히 "오뉴월에도 서리가 내린다."는 여자의 한을 말하는 것은 아니다. 만약 거꾸로, 양반 집 아낙이 여염의 남정에게 마음이 끌렸다면 어땠을까? 그런 경우에는 여자라는 까닭으로 거부되는 게 아니라 전혀 다른 까닭으로 고난을 겪을 것이다. 어쩌면 남자가 아낙의 사랑을 받아들이는 것은 죽음을 각오하고서야 가능할지도 모른다. 이처럼, 이 이야기가 말하는 한은 여자의 한이라기보다 서민의 한이요 약자의 한이다.

그래서 이것은 단순한 사랑 이야기가 아니다. 그보다는 뛰어넘을 수 없는 신분의 벽을 향한 절절한 저항을 담은 이야기다. 이 이야기에서 양반 선비에게 자신의 마음을 털어놓은 처녀는 박절하게 내몰리는 신세가 된다. 존재 자체를 거부당한 것이다. 그 까닭은 딴 데 있는 게 아니라 신분의 차이에 있다. "선비가 거부한 것은 처녀의 사랑은 물론 인간의 존엄성까지 포함된다." (강진옥 외, 『한국 구비문학의 이해』, 월인, 2002, 131쪽.) 같은 맥락에서 여인의 한이 끝내 상대 남자를 파멸에 이르게 한 것은, 단순한 복수라기보다 자신의 존재와 정당성을 인정받으려는 몸부림에 지나지 않는다.

우리나라 귀신 이야기에는 크게 네 가지 꼴이 있다. 첫째 꼴의 이야기에서 귀신은 사람을 도와준다. 과거 문제를 알려 주거나 어려운 문제를 푸는 데 도움을 주거나, 가난한 집에 살림을 보태 주기도 한다. 이 경우 귀신은 딱한 처지에 있는 사람을 도와줄 뿐, 특별한 대가를 바라지도 요구하지도 않는다.

둘째 꼴의 이야기에서 귀신은 주로 장난을 한다. 귀신들끼리 어울려 놀거나 갑자기 나타났다 사라지기를 되풀이하며 사람들을 놀래키지만 별다른 해를 끼치지는 않는다. 이 경우에도 귀신은 저희들끼리 놀거나 사람들과 친해지려고 할 뿐, 다른 별난 의도가 있는 것은 아니다.

셋째 꼴의 이야기에서 귀신은 한을 품고 나타난다. 살아생전 풀지 못한 한이 있기 때문에, 혼백이 저승에 들지 못하고 이승을 떠돌다가 산 사람 앞에 나타나는 것이다. 물론 이때 귀신이 사람에게 바라는 바는 자신의 한을 풀어 달라는 것이다. 하지만 대부분의 사람은 제풀에 놀라 도망가거나 정신을 잃기 때문에 이 소망은 쉽게 이루어지지 않는다. 아주 담이 큰 사람이 나타나 한을 풀어 주기 전까지는 그렇다. 경상도 밀양 지방에서 전해 오는 아랑 전설이 이런 이야기의 대표인데, 이 경우에도 귀신은 사람을 굳이 해치려 들지 않는다. 자신의 한을 푸는 것이 목적이기 때문이다. 그리고 물론 한이 풀어지면 고분고분 물러난다. 설령 한을 풀지 못하더라도 상대가 간절하게 호소하거나 뉘우치는 모습을 보이면 단념하고 물러서는 것이 보통이다.

넷째 꼴의 이야기에서 귀신은 허세를 부린다. 사람이 자신을 두려워하고 놀라기를 바라지만, 사실은 그다지 용감하지 못해서 담이 큰 사람이 나타나 야단을 치면 주눅이 들어 도망가기 일쑤다. 이때 귀신이 원하는 것은 사람들이 차려 준 음식을 받고, 사람들에게서 인정받는 것이다. 하지만 단지 그것뿐, 만약 사람들이 자신을 섬기지 않는대도 앙심을 품거나 하는 일은 거의 없다.

이렇게 살펴보니 우리 귀신은 매우 인간답다는 것을 알겠다. 모질거나 독하다기보다는 오히려 인정 많고 마음이 여린 편이다. 맺힌 한이 풀리기를 바라고 그 한이 풀리는 순간 얌전하게 물러선다. 슬퍼하며 잘 울지만, 때때로 장난도 치며 허세를 부린다. 우리 이야기에 유독 처녀귀신이 많은 것은 무엇을 뜻할까? 처녀는 여자이면서 나이가 어리니 약자 중의 약자이다.

옛글을 읽다 보면 귀신을 보는 눈에도 미묘한 차이가 있다는 걸 발견하게 된다. 지배층이나 식자층에서는 귀신을 미신에서 비롯된 헛된 망상으로 보는 경우가 많다. 말하자면 어디까지나 물리쳐야 할 대상이지, 거두어들일 값어치는 없다고 보았다. 귀신은 있다고 하면 있고 없다고 하면 없는 허깨비란 게 이 경우 대표가 될 만한 시각이다.

일반 백성들은 귀신을 자신의 삶 가까이 두었다. 멀리하기보다는 동일시했고, 미워하기보다는 오히려 가엾어 했다. 물론 두려워하기도 했지만, 그 두려움은 분위기에서 오는 낯설음일 뿐이었다. 자신(또는 자신과 동일시된 이야기의 주인공)에게 닥칠 해를 두려워한 건 아니라는 뜻이다.

아이들이 귀신 이야기를 좋아하는 심리도 같은 맥락에서 이해할 수 있겠다. 정말로 귀신을 무서워하는 게 아니라 무서운 분위기를 즐기는 것이다. 아이들이 무서운 이야기를 해 달라고 조를 때 가장 난감한 것은, 우리 옛이야기에 무서운 이야기가 그리 많지 않다는 것이다. 아무리 으스스한 귀신 이야기라도 다 듣고 나면 무섭기보다는 슬프거나 안타깝다는 느낌을 받을 때가 많으니 말이다. 요새 들어 국적도 모를 희한한 귀신 이야기들이 끔찍한 장면이 걸러지지도 않은 채 떠돌고 있는데, 이건 정말 아이들에게 해로울 것 같다.

이여송과 초립둥이

오늘은 임진왜란 때 이야기 하나 할까.

왜적들이 서울을 쑥대밭 만들고 평양까지 집어삼키니, 나라에서는 어지간히 급했던지 명나라에 청병을 했단 말이야. 그때 명나라 군대를 이끌고 온 장수가 이여송인데, 이 치가 조선에 들어와서 거들먹이 머리 꼭대기까지 올랐던 모양이야. 그도 그럴 것이, 명색이 구원군 대장쯤 되니 임금도 그 앞에서 맘대로 못할 만큼 권세가 하늘을 찔렀거든.

이 이여송이 압록강을 건너 조선 땅에 발을 턱 들여놓자마자,

"소상반죽 젓가락과 용의 간을 구해 오너라. 못 구해 오면 왜군보다 조선을 먼저 칠 것이다."

이러고 으름장을 놓네. 소상반죽이라고 하는 건 중국 두메산골에서 나는 귀한 대나무인데 그걸 당장 어찌 구해 젓가락을 만들며, 더군다나 용의 간을 무슨 수로 구해 와? 나라에서는 난리가 났지. 소

상반죽과 용의 간을 구해 오는 사람에게 큰 상을 내리겠다고 온 나라에 방도 붙었어.

평안도 백성들은 이 소문을 듣고, 천태산 마고할미한테 제사상을 차려 놓고 빌었어. 명나라 장수 이여송이 군대를 끌고 와 트집을 잡으니, 원컨대 소상반죽 젓가락에 용의 간을 내려 달라고 말이야.

빌고 나서 그 다음날 보니까 묘향산 기슭에 소상반죽이 지천으로 솟아나 있더래. 한 대 잘라서 젓가락을 만들었지. 그러고 났더니 압록강 가에 용 한 마리 내려와 겨드랑이로 간을 쑥 빼서 올라가거든. 그래서 용의 간을 소상반죽 젓가락과 함께 이여송한테 갖다 바쳤어. 이여송이 그걸 보고 깜짝 놀랐지.

'야, 조선에 인재가 많다더니 그 말이 과연 옳구나. 일반 백성들이 이럴진대 도대체 영웅의 재주는 어떨 것이냐.'

이렇게 생각하고는 그 다음부터 그저 조선에 영웅 나는 것 막으려고, 그저 자나 깨나 그 궁리뿐이야.

얼추 난리가 끝나고 인제 이여송도 제 나라로 돌아가야 할 판인데, 이 치가 가지는 않고 삼천 리 방방곡곡 다니며 명산의 혈을 끊네. 영웅 나는 것 막으려고. 백두산 금강산 묘향산 설악산 태백산 소백산……, 명산이란 명산은 다 찾아다니며 혈을 끊는단 말이야. 칼로도 끊고 창으로도 끊고 쇠말뚝으로도 끊고, 이러는 판이야.

그 짓을 하다가 하루는 지리산 밑에 진을 치고 쉬는데, 초립둥이 하나가 나귀를 타고 바로 앞을 딱 지나가더래. 이여송이 그만 화가 머리끝까지 올랐어. 아, 자기로 말하면 구원군 대장으로, 정승 판서라도 제 앞에서는 말을 못 타는 법인데, 조그만 아이가 나귀에 올라앉아 고개까지 빳빳이 쳐들고 지나가니 괘씸하기 짝이 없단 말이야. 당장 날랜 군졸을 불러서 호령을 했지.

"어서 가서 저놈을 잡아오너라."

군졸이 말을 타고 초립둥이를 쫓는데 아, 어찌된 일인지 따라잡을 수가 없어. 죽어라 말에 채찍질을 해서 기를 쓰고 따라가도 딱 서너 걸음 못 미쳐. 초립둥이는 나귀를 탄 채 뒤 한번 안 돌아보고 어슬렁어슬렁 가는데, 글쎄 그걸 못 따라잡는 거야. 하루 종일 따라가다 지쳐서 쓰러질 지경이 됐는데, 이때 초립둥이가 나귀를 멈추고 길가 너럭바위에 떡 올라앉더니,

"너는 어서 돌아가서 네 대장에게 내가 잠깐 보잔다고 일러라."

이러거든. 군졸이 뭐 어쩌겠어? 돌아가서 대장한테 그대로 고했지. 그 초립둥이를 하루 종일 따라갔는데도 못 잡았노라, 아무 데 너럭바위에 올라앉아서 대장을 보자고 하더라, 이렇게 말이야.

이여송이 군졸 말을 듣고 말을 달려 그곳에 가 봤어. 가 보니 과연 그 초립둥이가 너럭바위에 앉아 있는데, 비록 몸뚱이는 작아도 눈빛이 시퍼런 게 보통내기가 아니야. 이여송이 바위에 올라서니까 초립둥이가 삼천 근 무쇠 방망이를 허리춤에서 꺼내 이여송 이마 위에 턱 올려놓는데, 그게 어찌나 무거운지 고개를 못 들어.

이여송으로 말할 것 같으면 명색이 큰 장수로, 힘도 세고 담도 커서 평생 누구한테도 눌려 본 적이 없는데 무쇠 방망이 하나에 그만 옴짝달싹 못하게 된 거야. 무쇠 방망이를 머리에 이고 그냥 벌벌 떨고 서 있는 판이지.

"네 이놈, 너는 난리가 끝났으면 얼른 네 나라로 돌아갈 일이지 무슨 속셈으로 남의 나라 명산의 혈을 끊고 다니느냐? 당장 못된 짓을 그만두고 돌아가지 못할까!"

호통이 서릿발 같으니 어떻게 해?

"예, 예. 당장 돌아가겠습니다."

이여송 혼이 다 빠져서, 그 길로 군사들을 이끌고 압록강을 건너 허겁지겁 제 나라로 돌아가더라는 이야기.

외세의 본질을 꿰뚫는 백성들의 눈

임진왜란 뒤에 생긴 것으로 짐작되는 광포 전설 중에는 뜻밖에도 이여송에 얽힌 이야기가 많다. 학교에서 역사를 배운 사람은 누구나 아는 바와 같이, 이여송은 임진왜란 때 관군을 도와 왜군을 물리치려고 온 구원군 대장이다. 기록에 따르면 그는 임진왜란이 일어나던 해에 구원군 4만을 이끌고 조선에 들어온 것으로 되어 있다. 평양성에서 고니시 유키나가의 군대를 크게 무찔렀으나, 벽제관에서는 고바야카와 다카카게의 군대에 크게 패하고 간신히 목숨을 건지는 처지가 되었다. 그 뒤 화의로 사태를 수습하고 그 해 말에 명나라로 돌아갔다.

이런 이여송이 왜 백성들 입에 오르내리는 이야기의 주인공이 되었을까? 그 까닭을 알아보기 전에, 먼저 이여송을 두고 전해지는 이야기의 큰 윤곽을 더듬어 보기로 한다.

이여송에 관한 자료는 크게 두 가지로 나뉜다. 하나는 글로 적혀 전해지는 것이요, 하나는 말로 전해지는 이야기다.

글로 전해진 자료를 보면, 사실에 충실한 기록과 함께 대체로 좋은 평가가 눈에 띈다. "키가 크고 품위가 있는 장부다운 사람"이며 시를 잘 쓰고 계략에 뛰어난 장군이라 했고(『징비록』), 명나라 제일의 장수로서 "평양성 전투의 승리는 가장 빛나는 전적으로 영원히 우리 겨레와 더불어 빛날 것"이라고 치켜세우며 싸움에서 진 경우는 "참으로 아까운 일"로서 "옥엔들 티가 없으리오." 하며 미화하는 것이다.(『임진왜란사』)

하지만 말로 전해지는 이야기는 글과는 달리 좋지 못한 평가로 뒤덮여 있으며 때때로 강한 적개심까지 드러낸다. 그 내용을 크게 세 가지로 나누어 보면, 첫째 이여송이 명산의 혈을 끊다가 초립둥이(또는 노인, 아낙네)한테 혼나고 쫓겨났다는 이야기, 둘째 이여송이 귀한 물건을 구해 오라는 무리한 트집을 잡지만 이인(또는 백성)이 나서 해결했다는 이야기, 셋째 이여송이 어려움에 처하자 조선 사람이 그를 구해 주었다는 이야기다.

이여송이 조선 사람의 후손이라는 대목은 기록된 자료와 구전 이야기에 두루 보이는데, 이때도 시각은 사뭇 딴판이다. 기록된 자료에서는 이여송이 조선의 핏줄로 맺어진 친분이라 강조하는데 반해, 구전 이야기는 이여송이 조선 사람의 후손이면서도 조선 땅의 혈을 잘라 마침내 자기 자신도 망하게 됐다는 얘기가 주를 이룬다.

이로써 우리는 이여송에 대한 기록된 자료와 구전 이야기의 시각이 아주 다르다는 것을 알았다. 왜 이런 일이 일어난 것일까? 두말할 나위도 없이, 글을 가까이한 권력자들과 말로 살아온 백성들의 눈길이 달랐기 때문이다. 누구나 쉽게 짐작하는 것처럼, 명나라 군대가 조선에 들어온 것은 자기네 이익을 위해서였다. 알다시피 왜군은 명나라를 칠 길을 열기 위한 명분으로 임진왜란을 일으켰고, 명나라는 조선

셋째 마당 이야기와 이야기

의 청병을 "이가 없으면 잇몸이 시리다."는 논리로 받아들였다. 이런 상황에서 조선에 들어온 명나라 군대의 행패가 도를 넘었음은 결코 우연이 아니다. 실제로 이여송이 이끈 명군은 조선 백성 수만 명을 왜군과 내통했다는 죄를 덮어씌워 죽였으며, 전공을 부풀리기 위해 죄 없는 양민을 마구 학살했다. 조정에서조차 "이여송이 싸움터에서 베었다고 하는 머리의 절반이 조선 백성이며, 물에 빠지고 불에 타 죽은 만여 명이 조선 백성"이라고 적었을 정도니 더 말해 무엇하랴.(『선조실록』)

이런 형편에서 구원군인 명군과 침략군인 왜군은 무엇이 다른가? 조정 권력자들의 눈으로 보면 어쨌거나 명군은 구원군이었겠지. 왜군으로부터 정권을 구해 주러 왔으니까. 하지만 백성들 눈으로 보면 왜군이나 명군이나 똑같은 외세일 뿐이었다. 백성들에게 가해지는 행패로 본다면 명군은 왜군보다 더했으면 더했지 결코 덜하지 않았으니 말이다. 이런 형편에서 명군 대장 이여송에게 적대감을 느끼지 않았다면 그것이 오히려 이상하겠다.

이것이 바로 구전 이야기에서 이여송이 좋지 못한 모습으로 그려진 까닭이다. 이 경우 이여송은 곁에서 볼 수 있는 친근한 자연인이 아니라 외세의 상징이다. 백성들은 비록 권력으로부터 소외되어 있었지만, 그 어떤 벼슬아치보다도 외세의 본질을 정확히 꿰뚫고 있었던 것이다. 하기야 벼슬아치들이라고 해서 외세가 정말로 나라를 구해 주리라 믿지는 않았을 것이다. 그들은 감투와 자리를 보전하는 데 외세가 필요했고, 그래서 외세 떠받듦에 앞장섰을 것이다.

이 이야기는 오늘날 약한 나라에 살면서 어쩔 수 없이 외세의 영향을 받으며 살아가는 우리 모습을 되돌아보게 한다. 민속학자 임재해 선생은 이렇게 말한다. "당군과 명군이 이 땅에 들어오고 나가는 것과 같은 맥락에서 주한미군 문제도 역사적으로 인식할 수 있을 것이다. 이미 우리 민중은 미군들이 우리 산천의 혈을 자른 이야기들을 다양하게 생산해서 전승하고 있는 상황이다." (임재해, 『민족설화의 논리와 의식』, 지식산업사, 1992, 241쪽.)

손님 막는 비방

옛날 어느 마을에 부잣집이 하나 있었어. 만석꾼 천석꾼은 아니어도 논마지기깨나 가지고 머슴 여럿 거느리고 사는 집이었지. 아무리 흉년이 들어도 양식 걱정 안 하고 아무리 큰일이 생겨도 돈 걱정 안 하고 사는, 말하자면 동네 안에선 으뜸가는 부잣집이었단 말이지.

그러니 마을에 들르는 손님은 누가 됐든 우선 이 집으로 들고 보거든. 아, 하룻밤 묵어가자면 어쨌든 밥술이나 먹는 집에 들어야 할 것 아닌가. 옛날 과객들은 어느 마을에 가든지 그중 제일 큰 기와집을 찾아 하룻밤 묵어가기를 청했는데, 이 집이 바로 그런 집이야. 그쯤 되니 문간에는 손님 발길이 줄을 잇지. 과객만 드는 게 아니라 동냥 나온 스님도 들고 등짐장수 봇짐장수도 들고 얻어먹는 비렁뱅이도 들고, 참 하루도 빤한 날이 없어.

날마다 적게는 대여섯, 많게는 스물씩 서른씩 손님들이 들이닥치니 정작 죽을 지경인 건 이 집 며느리야. 하긴 안 그럴 텐가. 시아버지야 사랑에 앉아서 손님하고 수인사만 하면 그만이고, 시어머니야 안방에 앉아 이래라저래라 시키기만 하면 그만이며, 남편 시동생은 손님들하고 장기나 두다가 들어오는 밥상이나 받으면 그만이고, 시누이들은 문구멍에 눈 내놓고 손님 행색 흉이나 보면 그만이지만 며느리야 어디 그런가. 손님들 먹일 밥 짓고 반찬 장만하고, 먹고 나면 설거지하고 옷 내놓으면 빨래하고, 잘 방에는 군불 때고 자고 나온 방은 쓸고 닦고, 술 달라면 술상 대령 물 달라면 물그릇 대령, 이런 게 모두 며느리 몫이니 몸이 열 개라도 모자랄 지경이거든.

하루 이틀도 아니고 일 년 삼백 예순 날 손님 뒤치다꺼리에 아주 혼이 다 빠져서, 하루는 며느리가 동냥 온 스님한테 하소연했어.

"스님, 스님. 날마다 꾸역꾸역 몰려드는 손님 대접하다 보니 뼈도 내 뼈가 아니고 살도 내 살이 아니오. 이러다가 내 명에 못 죽겠으니 살 방도 좀 일러 주오."

스님이 하소연을 다 듣고 나더니 방도 하나를 일러 주네.

"손님 막는 비방이라면 한 가지 있긴 있소이다. 이 집 뒷산에서 멀찌감치 돌아 나오는 도랑물 있지 않소? 그 물길을 돌리되 이 집 마당에 바짝 붙어 흐르게만 해 보시오. 그렇게만 하면 틀림없이 손님 발길이 뚝 끊길 거외다."

그 말만 하고 스님은 뒤도 안 돌아보고 가 버려. 며느리 혼자서 이럴까 저럴까 망설이다가,

"에라, 모르겠다. 이러고 살다가 뼈가 으스러져 죽느니 하루라도 편하게 살아 보자."

이렇게 마음먹고 곧장 스님이 가르쳐 준 대로 비방을 했어. 밤중에 아무도 몰래 괭이를 들고 뒷산으로 갔지. 가서 본디 흐르던 물길을 막고 새 물길을 냈어. 집 옆으로 멀찌감치 돌아 흐르던 물을 돌려 집

마당가에 바짝 붙어 흐르게 했단 말이야.

그러고 났더니 아니 이게 웬일이야? 하루 이틀 사흘이 지나고 한 달 두 달 석 달이 지나니 집안 살림이 점점 줄어드네. 곳간에 양식도 줄어들고 돈궤에 돈도 줄어들고, 그러더니 손님 발길도 뜸해져. 대문간이 미어터지도록 몰려들던 손님이 그저 가뭄에 콩 나듯 드문드문 드는 거야. 그러다가 한 일 년 지나니까 그마저도 뚝 끊겼어. 아주 가난뱅이가 돼 버린 거지. 가난뱅이가 되니까 손님들이 아무도 안 와. 아, 과객이든 비렁뱅이든 뭐 얻어먹을 게 있어야 올 것 아닌가.

그래서 며느리는 소원을 이루긴 했는데, 글쎄 그래서 그 다음에 어찌 됐는지는 모르겠네. 그냥 가난뱅이로 살다 죽었는지, 물길을 본디대로 돌려놓고 도로 부자가 됐는지……. 한번씩들 점쳐 볼 텐가.

여성에게 지운 짐, 아직도 무겁다

이런 이야기는 우리나라 곳곳에 꽤 널리 전해진다. 『한국설화유형 분류집』에 따르면 「513-2 손님 오지 못하게 하려고 지형 바꾸다 망하기」가 바로 이런 이야기를 품는 유형이다. 금방 짐작하겠지만, 옛사람들이 이런 이야기를 만든 까닭은 "손님을 잘 접대해라."는 가르침 또 깨우침을 주기 위해서다. 잘 알다시피 옛이야기는 종종 여러 가지 교훈을 담고 있는데, 이 이야기도 그런 교훈담 중 하나라고 보면 된다.

그런데 이처럼 빤히 들여다보이는 교훈 뒤에는 두어 가지 생각할 거리가 숨어 있다. 하나는 여성에게 지운 짐에 관한 것이고, 또 하나는 오늘날 너무나 메말라 버린 인심과 세태에 관한 것이다. 이야기가 여성에 대한 편견 따위를 겉으로 드러내 보이고 있진 않지만, 들다 보면 누구나(여성이라면 더욱) 이런 생각이 들 법하다. "그래, 손님 막는 비방을 한 건 며느리 잘못이라 쳐. 그럼 다른 식구들은 뭐야? 손님 뒤치다꺼리는 며느리 혼자 몫인가?" 첫 번째 생각할 거리는 이런 물음에서 시작된다.

다들 알다시피 옛날 가부장 사회에서 봉제사 접빈객은 오로지 아낙의 어깨에 지워진 짐이었다. 제수 장만하고 손님 대접하는 일에 관한 한, 의무는 여자 몫이요 권리는 남자 몫이었다는 말이다. 이를테면 제사 때 집안 아낙들이 며칠 동안 허리가 휘도록 일을 해서 제수를 갖춰 놓으면, 남정네는 한껏 차려입고 모여 제사를 주관한다. 집에 손님이 들었을 때도 사정은 매한가지다. 아낙들이 부엌에서 목숨 걸고 음식을 장만해 사랑에 들여보내면, 바깥양반들은 점잖게 앉아서 그것으로 손님을 대접한다. 정도의 차이가 있을지언정 이런 모습은 요새도 심심찮게 볼 수 있다. 설이나 추석 때만 되면 불거지는 여자들의 명절 스트레스가 흔한 증거다.

이 이야기에서도 손님을 접대하는 모든 책임은 며느리에게 지워져 있다. 그러면서도 그 책임을 덜어 보려고 애쓰는 며느리의 안간힘은 못돼먹은 것으로 비난 받는다. 물론 "집에 오는 손님을 귀찮아하지 말고 잘 모셔야 한다."는 교훈은 백번 옳은 것이다. 거기에만 초점을 맞추면 아무런 문제도 없어 보인다. 하지만 당신이 이야기 속 며느리 처지가 됐다고 가정해 보아라. 할 말이 많아질 것이다.

굳이 따지자면, 이 이야기에 나타난 것은 모든 여성이 겪는 불평등한 대우라기보다 한집안에서 며느리가 받는 부당한 대우 쪽이다. 시어머니도 시누이도 같은 여자지만, 그들은 의무에서 멀찌감치 비껴서 있기 때문이다. 그래서 며느리의 억울함은 더 큰 것이다. 하지만 좀 더 생각해 보면 시어머니도 한때는 며느리였고, 시누이도 시집을 가면 남의 집 며느리가 된다. 그들도 다 이 같은 대우를 겪었거나 겪을 거라는 말이다. 그래서 이야기의 초점은 다시 모든 여성의 불평등한 대우 쪽으로 옮아간다.

여기서 우리가 한 가지 알아 두어야 할 것은, 이 이야기가 결코 여성 또는 며느리에게 들씌운 부당한 짐에 대해 말하는 건 아니라는 점이다. 이야기는 처음부터 끝까지 완고한 가부장의 눈으로 펼쳐진다. 손님 접대의 책임을 오롯이 며느리에게 떠넘기면서도 아무런 비판이나 항의의 표정이 없다는 말이다. 며느리를 뺀 나머지 식구들은 손님 접대에 책임이 없는 만큼, 집안을 망하게 한 책임에서도 자유롭다. 그래서 그들은 슬그머니 피해자의 자리에 선다. 이야기는 그것에 대해 의심하는 대신 아주 당연하다고 말하고 있다. 이런 점에서 이 이야기는 처음부터 차별과 편견을 깨닫고 그것을 비판하는 자리에 선 「아기장수」나 「오누이 힘겨루기」 같은 이야기와는 딴판이다. 옛이야기를 잘 살펴서 쌀과 뉘를 가리고, 그것을 아이들에게 암시해 주는 것도 슬기로운 어른들이 할 일이 아닐까.

또 한 가지 생각할 거리는 오늘날 너무 메말라 버린 인정과 세태에 관한 것이다. 이 이야기에서 '손님'은 오늘날 우리가 말하는 손님과는 그 뜻이 조금 다르다. 옛날에는 지나가는 길손, 동냥하러 온 스님, 하다못해 비렁뱅이까지 집에 들어오는 모든 사람을 손님으로 여겼다. 그리고 그런 사람들을 푸대접하는 것을 곧 죄로 여겼다. 실제로 나는 어렸을 적에, 집에 들어온 걸인에게 따뜻한 밥을 놔두고 식어 빠진 밥을 내줬다가 어른들께 꾸중을 들은 적이 있다. 그리고 남의 집에 손님으로 갔을 때, 그 집 식구들이 안 먹고 아껴 둔 귀한 음식을 대접 받은 적도 한두 번이 아니다.

이제는 그런 넉넉한 인심이 다 사라졌다. 오늘날 우리에게 손님은 다만 정식으로 초대 받은 친척이나 친지, 아니면 돈을 들고 가게를 찾는 사람을 가리키는 말로 좁아졌다. 손님은 모름지기 아는 사람이거나 돈을 벌게 해 주는 사람인 것이다. 낯모르는 길손이나 뭘 얻으러 오는 사람은 절대 손님이 될 수 없다. 그들은 다만 경계의 대상일 뿐이다. 아이들에게 무조건 "낯선 사람이 오면 문을 열어 주지 마라."고 가르쳐야만 하는 것이 오늘의 슬픈 현실이다. 이건 또 어쩔 수 없는 일이기도 하다. 몇몇 사람이 마음의 문을 연다고 되는 일이 아닌 것이다.

내가 생각하기에, 세상이 이렇게 메말라 가는 데는 물질주의가 큰 몫을 한 것으로 보인다. 오로지 돈만이 유일한 가치라고 외치는 곳에서 믿음이나 인정 따위가 살아남을 수는 없다. 이럴 땐 그저 세태를 탓할 수밖에 없는가? 무력감이 뼛속 깊이 파고드는 대목이다.

시골 도둑과 서울 도둑

옛날 시골구석에 참 굉장한 도둑이 하나 살고, 또 서울 장안에 날고 긴다는 도둑이 하나 살았것다. 둘이 서로 소문만 듣고서 "그 뭐 굉장하다면 얼마나 굉장할까?", "날고 긴다니 어쨌기에?" 하면서 지내다가 한번은 딱 마주치게 되었거든.

시골 도둑이 서울까지 원정을 왔는지 어쨌는지 아무튼 서울에서 두 도둑이 만났는데, 만나자마자 재주를 겨뤄 보자고 하네그려. 도둑질도 재주 축에 드는지는 알 수 없으나 어쨌든 이기고 지는 것은 대봐야 아는 법. 당장 재주를 겨뤄 보는데, 서울 도둑이 주인 노릇하느라고 먼저 도둑질을 해 보이는구나.

서울 도둑이 어떻게 하는고 하니, 어디서 소문을 듣고서는 여염집 혼사하는 데를 찾아가네. 신랑 각시 혼례 치르는 집을 찾아간단 말이지. 잔칫집이니 얼마나 북적거릴 것인가. 대낮에 활개를 치고 들어가도 다들 어디서 손님이 왔나 보다 하지 뭐 의심이나 할까. 들어가서 여기저기 기웃거리다가 혼수품 쌓아 놓은 곳에 가서 딱 숨었지. 그랬다가 밤에 손님들 돌아가고 집안 식구들 죄다 곯아떨어진 틈을 타서 쌓아 둔 예단을 척 짊어지고 나오는 거야. 비단 한 짐을 감쪽같이 훔쳐 낸 거지.

그걸 보고 시골 도둑이 쯧쯧 혀를 차. 자기 솜씨를 한번 보라고 그런단 말이지. 어떻게 하나 봤더니, 서울 장안에서 제일 위세 좋다는 정승 집을 찾아가네. 그냥 가는 것이 아니라 볏짚 몇 단을 보자기에 둘둘 싸서 짊어지고 가. 가서는 대문 앞에서 마구 떠들어 대지.

"아무개 군수 심부름으로 좋은 비단 한 짐 지고 왔소. 지난번에 보낸 물건은 잘 받았는지, 부탁드린 벼슬 건은 얼마나 더 기다려야 하는지 여쭈어 보라시더이다."

위세 좋은 정승 집이니 문 앞이 저잣거리 저리 가라지. 뇌물로 바치는 짐이 하루에도 바리바리 쉴 새 없이 들어오는 판국 아니겠나. 그런 판국에 어떤 시골뜨기가 짐 하나 지고 와서 눈치 없이 떠들어 대니 어쩌겠나. 부랴부랴 등을 떠밀어 곳간으로 들여보내지. 시골 도둑은 곳간에 들어가 느긋하게 숨어 있다가, 밤이 되자 진짜 비단 한 짐을 짊어지고 유유히 빠져나왔구나.

그걸 보고 서울 도둑이 하는 말.

"자네나 나나 피장파장일세. 둘 다 훔친 것은 비단 한 짐이요, 수법이라고 하는 것은 낮에 들어가 숨어 있다가 밤에 나온 것이니 다를 게 무엇인가. 우리 내기는 비긴 걸세."

그 말을 듣고 시골 도둑이 하는 말.

"아닐세. 훔친 것은 똑같은 비단 한 짐이나 자네는 애먼 여염집 혼사를 망쳤으니 죄가 크고, 나는 도둑질한 것을 또 훔친 것이니 죄가 작네. 어찌 비겼다고 할 것인가?"

그제야 서울 도둑이 말귀를 알아듣고 몹시 부끄러워하더라는 이야기지.

염치를 잃어버린 세상

도둑을 소재로 한 이야기는 많다. 대개는 도둑을 잡거나 쫓거나 감화시킬 대상으로 보고 이야기가 펼쳐지지만, 드물게는 도둑 자신이 주인공이 되는 경우도 있다. 이 이야기도 그중 하나이다. 도둑질이 무슨 자랑거리겠느냐마는 때에 따라서는 그것도 제법 쓸모 있는 재주가 된다. 이를테면 사나운 괴물이 임금 딸을 훔쳐 가기라도 하면 어디서 솜씨 좋은 도둑이 나타나 감쪽같이 빼낸다는 식이다. 이 이야기는 그와 다르게 도둑질에도 지켜야 할 의리가 있다는 얘기를 하고 있지만, 그것은 조금 뒤에 살펴보기로 하고 우선 다른 도둑 이야기에 잠깐 눈을 돌려 보자.

도둑을 주인공으로 삼는 이야기 중에 의적 이야기가 있다. 우리가 잘 아는 홍길동이나 임꺽정, 장길산 이야기가 모두 그런 것이다. 『추재기이』 같은 야담집에 실려 전하는 일지매 또한 마찬가지다. 의적이라니, 도둑에도 의로운 도둑이 있단 말인가? 이야기들은 한결같이 그렇다고 말한다. 알다시피 의적은 잘못된 세상을 바로잡기 위해 스스로 도둑이 된다. 탐관오리들이 부정하게 모은 재물을 훔쳐 내어 가난한 사람들에게 나누어 줌으로써 의를 실현하는 것이다. 이러한 정의로운 분배는 마땅히 나라와 관청에서 해야 할 일이지만 이미 권력이 썩었으니 무엇을 기대하랴. 나라가 못하는 일이니 도둑이라도 나서서 할 수밖에 없다.

홍길동과 임꺽정, 장길산은 물론 모두 만들어진 인물이다. 역사 속 어떤 실제 인물을 본보기로 삼았는지는 알 수 없으나 어쨌든 이야기 속 주인공인 건 틀림없다. 백성들은 왜 의적 이야기를 만들어 퍼뜨리며 즐겼을까? 두말할 나위도 없이 대신 겪기의 즐거움을 누리기 위해서였다. 썩은 벼슬아치들의 허가 낸 도둑질에 분통을 터뜨리면서도 어쩌지 못하는 자신의 무력함을 깨달을 때, 그 절망감을 달랠 수 있는 건 어쩌면 이야기뿐이었을 것이다. 이야기판에서야 거리낄 것이 무엇인가. 신출귀몰하는 주인공을 내세워 마음껏 악인을 벌하고 정의를 실현할 수 있으니 말이다. 이것이 의적 이야기가 나타난 배경이다.

의적과 비슷하지만 조금 다른 것으로 대도라 불리는 도둑도 있다. 의적이 악인을 벌주고 정의를 실현하기 위해 떨쳐 일어났다면, 대도는 다만 자신을 위해 도둑질을 한다. 보통 도둑과 다른 점이 있다면 부정한 재물만을 훔치며 애먼 사람을 해치지 않는다는 것이다. 세상이 의롭지 못하여 백성들의 불만이 쌓이면 이것만으로 도둑질이 정당화되기도 한다. 몇 해 전 우리나라에도 도둑 아무개가 부잣집 재물을 훔쳤다는 이유로 대도라 불리며 뭇 백성들의 동정을 산 일이 있지 않나.

여기서 우리는 한 가지 의문에 사로잡힌다. 의적이든 대도든 남의 재물을 훔치는 일은 죄가 아닌가? 우리들의 이성은 틀림없이 그렇다고 말한다. 이를테면 나쁜 짓을 해서 부자가 된 사람이 있다 해도, 정

셋째 마당 이야기와 이야기

당한 방법으로 그 잘못을 바로잡아야지 도둑질 따위로 문제를 해결해서는 안 된다는 것이다. 하지만 우리들의 감성은 그런 생각에 동의하지 않는다. 부정한 부자의 재물을 훔쳐 가난뱅이에게 나누어 주는 도둑이 있다면 기꺼이 손뼉을 쳐 줄 준비가 돼 있다.

예로부터 세상이 올바르게 돌아갈 때는 의적 이야기 따위가 발붙이지 못했다. 따지고 보면 그렇다. 도둑질에 무슨 의로움이 있을쏜가. 하지만 나라가 어지러울 때는 의적 이야기가 활개를 쳤다. 현실에서 더 이상은 법이나 도덕으로 지켜지는 정의를 기대할 수 없을 때 사람들은 불의를 다스리는 또 다른 힘을 원했던 것이다. 우리나라에 홍길동이 있었던 것처럼 영국에는 로빈 후드가, 러시아에는 스텐카 라진이, 멕시코에는 조로라는 의적이 있었다. 한결같이 나라가 어지럽고 권력이 썩어 문드러졌을 때 샛별처럼 나타난 의적들이다.

자, 이제 위 이야기 「시골 도둑과 서울 도둑」을 찬찬히 살펴보자. 이 이야기에 나오는 도둑들은 결코 의적이 아니다. 처음부터 가난한 사람을 돕는다거나 불의를 다스린다는 따위의 생각은 아예 없기 때문이다. 둘 다 한갓 도둑일 뿐이건만 시골 도둑은 서울 도둑보다 격이 좀 높은 것처럼 보인다. 염치가 좀 더 있었던 까닭이다. 재주로만 보면 서울 도둑 말대로 피장파장이다. 둘 다 비단 한 짐을 훔쳤고 수법 또한 비슷했기 때문이다. 하지만 시골 도둑 말대로 도둑질한 상대가 달랐다. 서울 도둑은 그야말로 아무 죄 없는 여염집 혼수 예단을 훔쳐 옴으로써 천하에 몹쓸 좀도둑이 되었다. 하지만 시골 도둑은 위세 높은 정승이 뇌물로 받은 비단을 훔쳐 옴으로써 의적은 아니지만 대도 비슷한 품격을 갖춘 셈이다.

장자는 이름난 도둑 도척에 관해 이런 이야기를 쓴 바 있다. 하루는 졸개가 도척에게 도둑질에도 도가 있느냐고 물으니 도척이 이렇게 대답하더라는 것이다. "세상에 도가 없는 곳이 어디에 있겠느냐? 도둑질할 집에 무엇이 있는가를 알아맞히는 것이 곧 성(聖)이요, 집안에 들어갈 때 맨 앞에 서는 것이 용(勇)이다. 나올 때 맨 뒤에 서는 것이 곧 의(義)이고, 도둑질이 성공할지 실패할지 미리 아는 것이 지(知)이다. 그리고 도둑질한 물건을 공평하게 나누는 것이 인(仁)이다. 이 다섯 가지 도를 갖추지 않고는 큰 도둑이 될 수 없느니라."

장자는 이 우화를 내세워 이런 말을 하고 싶었는지 모른다. 도척과 같은 무도한 도둑도 염치를 알거늘 하물며 스스로 점잖다는 사람임에랴. 더구나 백성들에게 본보기가 돼야 할 권력자와 부자들과 지식인들이 염치를 몰라서야 되겠는가.

하지만 요즘 세상에선 염치를 찾아보기 힘들다. 돈과 권력 앞에서는 모두들 부끄러움 따위 잊은 지 오래니 말이다. 부끄러움을 모르기로 말하면 힘없는 백성들보다 권력자와 부자들과 지식인들이 더 심한 것 같다. 이를테면 높으신 분들 중에는 거짓말을 밥 먹듯이 하는 사람이 있다. 그러다가 금방 들통이 나도 어찌된 일인지 이분들은 도무지 부끄러워할 줄을 모른다. 도리어 그만한 일로 뭘 그러느냐고 짜증을 내거나 또 다른 거짓말로 덮으려 하거나 심한 경우엔 따지는 백성들 입에 재갈을 물리려 한다. 참으로 슬픈 일이다. 세 살 난 아이도 자신의 거짓말을 부끄러워할 줄 알거늘!

안 해도 될 말 한마디. 옛이야기에는 왜 한결같이 시골 사람이 서울 사람보다 더 슬기로운 걸까? 사람뿐 아니다. 짐승 또한 그렇다. 시골 쥐도 서울 쥐보다 조금 나았다. 글쎄, 사람이나 짐승이나 복닥거리는 서울에서 오래 살다 보면 어리석어진다는 게 아닐까. 바쁘게 뛰어다 니고 늘 새로운 것을 찾지만, 그래서 시골뜨기보다 더 똑똑하고 약은 것 같지만 따지고 보면 다 헛것이라는 뜻은 아닐까. 서울 사는 분들에 게는 죄송하지만 문득 그런 생각이 들어서 한마디 해 봤다.

임자 없는 금덩이

옛날 어느 곳에 한 선비가 살았는데 참 가난했어. 이 사람이 처음부터 가난한 건 아니었지. 천석꾼 만석꾼은 못 돼도 논마지기 좋이 가지고 열두 칸 기와집 지키고 살았거든. 그런데 어느 해부터 식구들 병들고 집에 도둑 들고 하더니 살림이 기울어 얼마 안 가 세전지물 다 털어먹었네. 그 좋던 논마지기 한 두락 두 두락 다 팔아먹고 나중에는 집까지 팔아먹게 됐단 말이야.

이 선비한테는 참 둘도 없는 동무가 하나 있었어. 어려서부터 함께 크면서 콩 하나라도 생기면 나눠 먹던 동무지. 그이는 그런대로 살림을 지키며 살았던 모양으로, 선비가 집 판단 소문을 듣고 찾아왔어.

"여보게, 듣자니 자네 세전지물 다 팔아먹고 집 한 채 남은 것마저 팔기로 했다면서? 얼마나 어려우면 그럴까마는 내 안타까워서 하는 말이니 집만은 팔지 말고 지키는 게 어떤가?"

"고마운 말이네만 낸들 오죽하면 조상이 물려준 집까지 팔 마음을 먹었겠나. 당장 집을 팔지 않으면 식구들 약값을 못 댈 판이니, 처자식 죽는 꼴을 가만히 앉아서 볼 수야 없지 않은가."

"정 그렇다면 그 집을 나한테 팔게나. 나중에 언제고 형편이 펴지면 도로 찾아야 할 터인데, 그러려면 영판 모르는 사람보다 아는 사람한테 파는 게 낫지 않겠나."

"그것 참 고마운 말일세. 그럼 자네한테 집을 팔도록 하지."

이렇게 해서 선비는 동무한테 집을 팔고 움막 한 채 얻어 살았어. 곧장 형편이 펴지 않아서 근근이 입에 풀칠이나 하면서 살았지.

그런데 집을 산 동무가 보니 이 집이 너무 낡아서 그냥 두면 곧 무너질 것 같거든. 그래서 집을 고치기로 했어. 일꾼들을 불러다 집수리를 하는데, 기둥을 새 걸로 바꾸려고 기둥 밑을 파니까 글쎄 거기서 커다란 금덩이가 하나 나오지 뭐야. 그만한 금덩이면 집값의 열 배는 족히 나가고도 남거든. 동무는 얼른 금덩이를 들고 선비를 찾아갔어.

"여보게, 자네가 판 집을 고치려고 기둥 밑을 파다가 이 금덩이를 얻었네. 이건 반드시 자네 조상님이 이런 날이 올 줄 알고 묻어 둔 것일 테니 말하나마나 자네 것일세. 어서 이것을 팔아 집도 도로 찾고 논밭도 사서 옛날처럼 살아보게나."

그 말을 들은 선비 좀 보소. 좋아하는 게 아니라 펄쩍 뛰며 동무를 나무라네.

"이 사람아, 그런 말도 안 되는 소릴랑 입 밖에 꺼내지도 말게. 자네가 집을 샀으면 마땅히 자네 집이고, 그 집에서 나온 물건이면 마땅히 자네 것이지 왜 내 것이란 말인가. 내 아무리 신세 고달프기로서니 남의 물건을 까닭 없이 받겠는가. 잔말 말고 도로 가져가게."

한 사람은 받으라 하고, 한 사람은 못 받겠다 하고, 이렇게 옥신각

신하느라고 하루해가 다 갔네. 둘 다 고집에 세서 이거야 원, 결판이 나야 말이지. 밤새도록 "받아라." "못 받겠다." 다투다가 날이 샜단 말이야. 그래 하는 수 없이 둘이서 금덩이를 들고 관가에 갔어. 원님 한테 일이 이만저만하게 돼서 다툼이 생겼으니 판결을 해 달라고 청했지.

"그래, 두 사람이 서로 금덩이를 안 가지려고 다툰단 말인가? 내 송사를 여럿 받아 봤지만 이런 경우는 또 처음일세."

원님도 어찌할 수 없어서 나라에 상소를 올려 보냈어. 이러이러한 일로 송사가 들어왔는데 판결하기 어려우니 나라에서 시비를 가려 달라고 말이야. 그랬더니 얼마 뒤에 나라에서 금덩이 하나를 더 내려 보냈더래. 두 사람 말이 다 이치에 맞아서 누구 말이 옳다 그르다 하기 어렵다, 그러니 한 사람이 금덩이를 하나씩 가지는 수밖에 없다, 이런 판결과 함께 말이야.

그래서 두 사람은 사이좋게 금덩이를 하나씩 가졌지. 그 뒤로는 선비네 형편이 거짓말처럼 쑥쑥 펴서, 팔았던 집도 도로 사고 팔았던 논도 도로 사더라는 거야. 그래서 부자 되어 잘살더라는 이야기.

권선징악이 웃음거리라고?

보다시피 '권선징악'을 내세운 이야기다. 권선징악이라고 하면 좀 떨떠름해 하는 이들이 많은 것 같으니 우선 이 이야기부터 좀 하고 넘어가기로 하자. 언젠가 옛이야기를 공부하는 자리에서 어떤 이가 이렇게 묻더라.

"옛이야기는 다 권선징악과 인과응보를 내세우잖아요. 착한 사람은 복 받고 나쁜 사람은 벌 받는다는, 이런 틀에 박힌 주제가 과연 감동을 줄 수 있을까요? 옛날 같으면 몰라도 요새 아이들 톡톡 튀는 정서에는 안 맞을 것 같기도 한데요."

나는 내 생각을 두 가지로 말했다. 첫째, 권선징악과 인과응보를 다룬 이야기가 감동을 줄 수 없다면 그건 주제를 전달하는 방식에 문제가 있는 것이지 주제 자체가 나빠서 그런 건 아니다. 둘째, 요새 아이들 톡톡 튀는 정서라는 게 무엇인지 모르지만 착하게 살자는 말조차 웃음거리로 여긴다면 그 생각을 바꿔 주는 게 옳지 않겠나. 하지만 이렇게 말하고서도 내내 마음이 편치 않았다.

옛이야기가 권선징악과 인과응보를 내세운다는 말은 당연히 옳다. 또 그것이 틀에 박힌 주제라는 말도 옳다. 알다시피 옛이야기 속 주인공은 언제나 착한 일만 하고 착한 생각만 한다. 반대로 주인공을 괴롭히는 나쁜 상대는 언제나 나쁜 일만 하고 나쁜 생각만 한다. 여기에 고뇌나 망설임 따위는 없다. 이미 정해진 길로 착실히 가기만 하면 되는 것이다. 착한 주인공은 착한 길로, 나쁜 상대는 나쁜 길로……. "옛날 옛적에 욕심쟁이 형과 마음씨 착한 아우가 살았더란다." 이처럼 처음부터 인물의 성격을 규정해 놓고 시작하는 게 바로 옛이야기다. 여기에 소설을 재는 잣대를 들이대면 약점만 보이는 것도 무리는 아니다. 인물에는 개성이 없고 사건에는 우연이 판을 치며 주제는 한결같아 새로울 것이 없다. 이런 유치한 이야기에 누가 감동할 것인가! 그런데 옛이야기는 바로 그 '유치함' 이 매력이다.

옛이야기 속 착한 주인공은 아무리 어려운 일이라도 이겨 내지 못하는 법이 없다. 자신의 힘으로 이겨 내기도 하지만 남의 도움을 받거나 우연히 맞아떨어지는 행운에 힘입어 승리하기도 한다. "그래서 아우는 큰 부자가 돼서 오래오래 잘살았더란다." 이 결말은 누구나 짐작할 수 있는 것이다. 허두를 뗄 때 이미 빤히 내다보이는 끄트머리라니! 이 무슨 아이들 장난이란 말인가? 그런데 옛이야기는 바로 이 '아이들 장난'이 생명이다. 이를 두고 "틀에 박혔다. 생동감이 없다."고 하는 것 까진 괜찮지만, "그래서 나쁘다. 못쓴다."고 해서는 안 된다.

옛이야기에 권선징악과 인과응보 같은 틀이 왜 생겼을까? 사람의 길흉화복은 지은 대로 가는 것이며, 착한 일을 하고 나쁜 일을 삼가야 한다는 생각은 하루아침에 생겨난 것이 아니다. 옛사람들은 오랜 세월 동안 이웃과 어울려 살아가는 동안 가난한 사람을 돕고 욕심을 부리지 말고 작은 목숨도 귀히 여기고 은혜를 입으면 꼭 갚아야 한다는 것을 깨달았다. 그것이 제 욕심만 차리며 사는 것보다 훨씬 사람을 행복하게 해 준다는 사실을 온몸으로 알아차린 것이다. 이 생각이 이야기 속에 녹아들면서 단단한 틀을 이루었다. 오랜 세월 동안 믿음으로 다져진 이 소중한 틀을, 오늘날 시대가 바뀌었다고 해서 하루아침에 허물 것인가?

자, 이제 위 이야기를 차근차근 살펴보기로 하자. 금덩이는 부와 재물의 상징이다. 그래서 금덩이 얻기는 옛날부터 모든 가난한 사람들의 꿈이었다. 가난의 무게에 짓눌린 사람들, 막다른 골목에 부닥친 사람들은 간절하게 바랐다. "어디서 금덩이나 하나 뚝 떨어지면 좋으련만……." 오늘날에는 로또당첨 또는 주식대박이 금덩이 구실을 대신하려나? 어쨌든 이 이야기 속에서는 꿈이 그대로 현실이 되었다. 집 기둥뿌리에서 금덩이가 나온 것이다. 이건 만세를 부르며 소리쳐도 좋을 일 아닌가. "꿈은 이루어졌다!" 또는 "인생 역전!"이라고 말이다. 그런데 우리 예상과는 다르게 이야기는 아주 딴 길을 간다. 금덩이를 두고 두 사람이 서로 네 것이라고 다투기 시작하는 것이다. 서로 '내 것'이라고 다투는 게 아니라 '네 것'이라고 다투다니, 이 사람들 대체 제정신인가?

하지만 이들은 분명히 제정신이며, 의심할 나위 없이 옳은 일을 하고 있다. 두 사람 말이 다 이치에 닿으니 억지를 부리는 것도 아니요 체면 때문에 부러 그러는 것도 아니다. 두 사람은 진심으로 그 금덩이는 자기 것이 아니라고 생각한다. 사실 이것은 놀랄 일이 아니다. 사람이 탐욕에 눈이 어두워지지 않으면 이처럼 맑은 판단을 할 수 있다. 사리를 좇으면 내 것이냐 네 것이냐는 그리 중요하지 않게 된다. "에이, 세상에 그런 사람들이 어디 있어?"라고 생각하는 건 우리 모두 이미 눈이 흐려졌기 때문이다. 마땅히 그래야 하는 것을 그럴 수 없다고 믿으며 코웃음 치는 건 불행이다. 탐욕은 이처럼 우리 마음을 황폐하게 만든다.

물론 이 이야기에 불만이 없는 건 아니다. 옛이야기에서 왜 고고하고 점잖은 인물은 언제나 '선비'인가? 반면에 뒤퉁스럽거나 어리석은 인물은 대개 머슴이나 종으로 나오기 십상이다. 이런 설정은 쓸데없는 편견을 만든다. 머슴 중에도 고상한 사람이 있고 선비 중에도 미련한 사람이 있을 텐데 말이다. 남정네들이 보통 통이 크고 대범한 데 견주어 아낙네들은 속 좁은 잔소리꾼으로 그려지는 것도 마찬가지다. 내가 아는 한, 구전돼 오는 옛이야기에 본디부터 이런 편견이 심하게 녹아 있던 건 아니다. 요새 와서 옛이야기가 여러 가지 모양으로 가공되면서 그런 틀이 굳어진 느낌이다. 이것은 마치 텔레비전 연속극에서 재벌과 중산층은 언제나 무게를 잡고 건달이나 하층민은 까닭 없이 촐싹대는 것처럼, 강자를 미화하고 약자를 모욕한다는 점에서 점잖지 못한 편견이다.

하지만 그런 불만만 뒤로 잠깐 밀쳐 두면 이 이야기 속 인물들은 존경 받아 마땅하다. 욕심을 따르는 대신 사리를 좇음으로써 사람답게 사는 길을 보여 주기 때문이다. 이런 인물들을 고지식하다고 놀릴 수 있을까? 지나치게 비현실적인 인물이라고 윈고개를 틀어도 될까? 현실에 이런 사람이 없다고 해도, 오히려 그렇기 때문에 이들을 더욱 소중히 여겨야 하지 않을까? 하기야 메마를 대로 메말라 버린 요즘 세상에선 이런 얘기조차 부질없을지 모르겠다. 이미 "착하게 살자."는 말은 건달들이 새사람 되자고 다짐할 때 쓰는 구호가 돼 버렸고, '착한'이라는 형용사는 '값싼'이나 '예쁜'을 대신하는 말이 된 지 오래이니 말이다.

거듭 말하지만 권선징악과 인과응보는 시대에 뒤떨어진 낡은 관념이 아니라 옷깃을 여미고 귀 기울여야 할 귀한 가르침이다. 문제가 되는 것은 권선징악 자체가 아니라, 무엇이 선이고 무엇이 악인가를 판단하는 눈이다. 또 그 주제를 전달하는 방식이다. 이를테면 우리는 종종 어떤 교훈이 지나치게 딱딱하고 재미없게 전달되는 이야기를 "도덕 교과서 같다."고 말한다. 이때 도덕 교과서가 환영 받지 못하는 것은 교훈을 담고 있어서가 아니라 교훈을 윽박지르듯 강요하기 때문이다. 아무리 가치 있는 가르침이라도 재미와 감동 속에 실리지 않으면 짐이 될 뿐이다.

이를테면 『삼강행실도』와 같은 책에는 수많은 이야기가 실려 있지만 그것들 대부분이 민중 속에 스며들어 전승되지 못하고 그냥 책 속에 갇혀 박제가 되었다. 왜 그런가? 이야기가 도무지 짐스럽고 거북하여 즐기기 어려웠기 때문이다. 똑같은 교훈이라도 충효나 정절과 같은 유교 이념은 매우 사나운 모습으로 전달되기 쉽다. 이것은 한결같이 강자에 대한 약자의 조건 없는 복종을 강요하기 때문에 그렇다. 임금은 신하를 날마다 갈아 치워도 비난 받지 않지만, 신하는 한번 섬긴 임금을 목숨 걸고 섬겨야 한다. 지아비를 섬기는 지어미도 같다. 옛날 충신 효부 열녀를 기리는 홍살문에는 이처럼 약자들의 피눈물이 서려 있다. 이 같은 이야기들은, 좀 심하게 말하면 교훈을 앞세운 강자의 폭력이요 양의 탈을 쓴 늑대에 견줄 만하다. 비판하려면 모름지기 이것을 비판해야 하지 않겠나. 다만 가난하다는 것을 빌미로 아무 죄 없는 흥부를 나무랄 것이 아니라.

다시 권선징악 이야기로 돌아가자. 선행을 권하는 옛이야기는 셀 수 없을 만큼 많다. 그 중에서도 「저승곳간」 이야기는 의미심장하다. 이승에서 남을 도운 것이 저승곳간에 그대로 쌓인다는 것이다. 이승에서 제 욕심만 차리며 사는 이들을 훈계하는 듯하지만, 외려 가난하고 착하게 사는 사람을 위로하는 의미가 크다. 이승에서는 비록 핍박 받으며 살아도 저승 가면 부자 노릇하게 될 거라는 믿음 말이다. 욕심쟁이들이야 어차피 옛이야기 따위에 귀 기울이지 않을 테니, 가난한 사람들에게는 훈계보다 위안이 제격 아니겠나.

「돈 나오는 그림」 이야기는 돈에 대한 옛사람들의 생각을 잘 말해 준다. 가난한 사람이 도깨비를 돕고 그림 하나를 얻었는데, 그림 속 항아리에서 돈이 나왔다. 하루에 한 번씩만 꺼내야 하는데, 어떤 욕심쟁이가 그림을 훔쳐 가서 수도 없이 돈을 꺼내다가 관가에 잡혀갔다. 알고 보니 그림 속 돈은 나라 곳간에서 날아온 것이었다. 누군가에게 돈이 생기면 누군가는 반드시 돈을 잃게 된다는 생각은 지나치게 많은 재물을 경계하는 바탕이 됐다. 또 절제하는 사람에게 돈은 행복일 수 있지만 탐욕스러운 사람에게는 재앙이 된다는 말도 귀 기울일 만하다.

옛이야기가 말하는 선행은 대개 이런 것이다. 어려운 사람 도와주기, 불의를 보면 바로잡기, 욕심을 버리고 절제하기, 남에게 양보하기, 작은 목숨도 소중히 하기, 은혜를 입으면 반드시 되갚기, 남의 처지 잘 헤아리기, 약속 잘 지키기……. 이 값어치는 크고도 높은 것이며 세상이 열두 번 바뀌어도 변할 수 없는 것이다. 그런데도 권선징악을 우습게 보는 눈이 있다는 건 참으로 탄식할 일이다. 아마도 권선징악을

'죽은 교훈' 쯤으로 치고 업신여기는 이들은 힘을 숭배하는 물신주의 자들이 아닐까. 돈과 권력만을 최고 가치로 치면 그 밖의 것은 다 하찮게 보일 테니 그럴 만도 하겠다.

하지만 이 세상을 살아가는 사람들 대다수는 돈과 힘보다 귀한 것이 얼마든지 있다는 걸 잘 안다. 옛이야기가 말하는 권선징악과 인과응보가 얼마나 귀한 가치인지도 잘 안다. 바로 그런 사람들만이 옛이야기를 즐길 권리가 있다. 그리고 누가 뭐래도 이 세상의 주인은 바로 대다수의 백성들이다.

상자 속의 눈

옛날 옛적 어떤 벼슬아치 집에 아들이 하나 있었는데, 어쩌다 친어머니가 죽고 계모가 들어왔것다. 그런데 일이 꼬이느라고 아버지가 나라에 죄를 짓고 귀양을 갔거든. 그래서 계모하고 아들하고 단둘이 살았지.

계모는 의붓아들을 눈엣가시로 여겨 저걸 어떻게 없애 버릴꼬 궁리하다가, 하루는 거짓말을 꾸며 냈어.

"얘야. 너희 아버지한테서 편지가 왔는데, 귀양살이가 힘들어서 큰 병이 났단다. 그 병에는 다른 약이 없고 너만 한 아이 눈을 먹어야 낫는다니 이를 어쩌면 좋으냐?"

아들은 그 말을 듣자마자 제 왼쪽 눈을 빼서 계모를 줬어. 계모는 그 눈을 받아 무명 헝겊에 싸서 나무 상자 안에 넣어 뒀지. 그래 놓고 얼마 뒤에 또 거짓말을 꾸며 냈어.

"얘야, 너희 아버지한테서 또 편지가 왔는데, 눈 하나를 먹고 병이

많이 나았단다. 하나를 더 먹으면 말끔히 낫겠다 하니 이를 어쩌면
좋으냐?"

아들은 그 말을 듣자마자 제 오른쪽 눈도 빼서 계모를 줬어. 계모
는 그 눈을 받아 무명 헝겊에 싸서 나무 상자 안에 넣어 뒀지.

그러고 나서 계모는 눈먼 의붓아들을 데리고 강가로 가서, 물속에
아들을 밀어 넣어 빠뜨려 버렸어. 그래 놓고 집으로 돌아갔지. 아들
은 죽지 않고 물결에 실려 떠내려가다가 나뭇가지를 붙잡고 땅으로
기어올랐어.

마침 그곳이 대나무 숲이라 볕도 가려 주고 하니까 거기서 살았지.
살면서 대나무 대롱으로 피리를 만들어 불었어. 삘릴리 삘릴리, 그동
안 쌓인 설움을 전부 피리에 실어 불었어. 그러니 그 소리가 얼마나
구슬프겠어? 지나가는 사람이 듣고 다 눈물을 흘릴 정도야.

몇 해 뒤에 아버지가 귀양살이를 마치고 집으로 돌아가는 길에 피
리 소리를 들었어. 피리 소리가 하도 구슬퍼 저도 모르게 대숲으로
들어갔지. 가서 딱 보니까 바로 자기 아들이 피리를 불거든.

"아니, 내 아들 아무개 아니더냐?"

둘은 얘기를 하다가, 이게 다 계모가 꾸며 낸 일이란 걸 알았어.
당장 집으로 돌아가, 아이는 문밖에 두고 아버지 혼자 들어갔지.

"아이는 왜 집에 없소?"

"나 보기 싫다고 집을 나갔지요."

"저 나무 상자에는 뭐가 들었소?"

"들긴 뭐가 들어요. 아무것도 없어요."

나무 상자를 빼앗아 열어 보니 눈 두 개가 무명 헝겊에 싸여 있거
든. 하도 불쌍해서 그걸 들여다보며 눈물을 줄줄 흘렸어. 아버지 눈
물이 상자 안에 들어가 가득 차니까 웬걸, 눈에서 반짝반짝 빛이 나

더래.

문밖에 있던 아들을 불러 눈 있던 자리에 하나씩 넣어 봤지. 그랬더니 두 눈이 다 제자리에 들어가 쑥 박히더래. 전보다 열 배는 환하게 잘 보이더래.

아버지는 문을 잠그고 집에 불을 질렀어. 불이 활활 타올라 집은 금세 재가 됐지. 계모도 집과 함께 재가 됐어.

아버지하고 아들은 그 뒤로도 오래오래 잘 살았더란다.

무서운 이야기, 무서운 세상

여름철이 되니 여기저기서 무서운 이야기들이 판을 친다. 텔레비전이고 영화고 신문이고 잡지고 따지지 않고, 여름철에는 으레 그래야 하는 것처럼 섬뜩한 이야기를 쏟아 낸다. 이른바 '납량물'이라는 것이다. 그런데 이것이 알고 보면 일본식이다. 우리나라 사람들은 여름철보다 오히려 겨울철에 무서운 이야기를 즐겼다. 긴긴 겨울밤에 심심함을 달래려고 둘러앉아 돌아가며 귀신 이야기 한 자리씩 하고 나서는 정말로 무서워서 뒷간에도 못 간 기억, 나이 든 사람들이라면 한두 가지쯤은 갖고 있을 것이다.

그러고 보니 생각나는 것이 있다. 학교 다닐 때, 비 오는 날이면 아이들은 휘장을 닫고 교실을 어두컴컴하게 해 놓은 다음 선생님께 귀신 이야기를 해 달라고 졸랐다. 선생님은 숨소리까지 죽여 가며 오싹한 귀신 이야기를 풀어냈는데, 듣고 보면 뭔가 어설프고 앞뒤가 안 맞아 막 지어낸 냄새가 물씬 풍겼다. 그래도 아이들은 비명까지 질러 가며 이야기에 빠져들었다. 도대체 무엇이 그토록 재미있었을까? 대관

절 무서운 이야기는 왜 생겨났을까?

무서운 이야기의 매력은 무엇보다도 그 '범상치 않음'에 있다. 귀신이나 도깨비, 괴물이나 저승사자는 예사로운 존재가 아니다. 괴이한 것이 나타나면 사람들은 긴장하게 마련이다. 현실에서 볼 수 없는 것들이기에 상상력은 더 크게 자극 받는다. 무엇일까? 왜 나타났을까? 다음은 어떻게 될까? 무시무시한 일이 벌어지겠지? 사람들이 오랜 옛날부터 스스로 두려워하고 놀라며 다스려 왔던 '금지된 상상력'이 굴레를 벗고 뛰쳐나오는 순간이다. 긴장과 두려움은 편안한 감정이 아니지만, 상상력이 갇힌 틀을 벗어나 아슬아슬한 곳을 누빌 때는 누구나 아찔한 즐거움을 느끼게 된다. 이것이 무서운 이야기가 태어난 배경이다.

귀신 이야기는 무서운 이야기의 대표 격이다. 머리를 흩뜨리고 소리 없이 나타나는 처녀귀신은 옛이야기의 단골손님이다. 그런데 왜 하필 처녀귀신인가? 무섭긴 하되 뭔가 가냘프고 서러운 느낌을 주지 않는가? 이것을 서양 옛이야기에 나오는 유령이나 흡혈귀와 견주어 보면 흥미롭다. 서양 귀신은 대개 남성이며, 왠지 잔혹하고 인정머리 없어 보인다. 그것들은 동정의 여지가 없기 때문에 용감한 이승 사람이 어쨌든 목숨 걸고 물리쳐야 한다. 하지만 우리의 처녀귀신은 사연이 많다. 한밤중에 나타나 슬피 울며 누군가 한을 풀어 주기를 기다릴 만큼……. 만약 누가 정말로 억울함을 풀어 주기라도 하면 귀신은 금세 얌전해져서 고분고분 이승을 떠난다. 이야기판에 모인 사람들은 이 대목에서 한숨을 쉬며 귀신의 처지를 동정도 해 보지만, 이미 일어난 끔찍한 일은 돌이킬 수 없다.

　꼬리 아홉 달린 여우나 머리 아홉 달린 괴물도 옛이야기에는 심심찮게 나온다. 이들은 왜 꼬리나 머리를 아홉씩이나 달고 있을까? 옛이야기에서 아홉이란 그다지 상서로운 숫자가 아니다. 아홉 고개를 넘으면 뭔가 무서운 것이 튀어나오고, 아홉째 문을 열면 왠지 무시무시한 일이 생길 것 같다. 그래서 아홉수를 조심하라는 말도 생겼나 보다. 어쨌든 이들도 사연은 있다. 구미호는 사람의 간 천 개를 빼먹고 사람이 되려 하고, 머리 아홉 달린 괴물은 양민 천 사람을 종으로 부리려고 잡아간다. 하지만 그 악한 짓은 결코 성공하지 못한다. 구백 구십 아홉째까지는 거침이 없지만 천 번째에서는 반드시 실패한다. 비록 참혹한 일이 이미 벌어졌으나, 모두들 이쯤에서 가슴을 쓸어내리며 마음을 놓는다. 아무렇지도 않은 듯 보이지만 사실 마음속에 묶여 있던 상상력은 이미 오라를 풀고 담을 넘어 금단의 땅을 여행하고 돌아왔다.

　사실 옛이야기에는 무섭다 못해 끔찍하기까지 한 장면이 예사롭게 나온다. 「여우누이」에서 고명딸로 둔갑한 여우는 한밤중에 일어나 마소의 간을 빼먹는다. 그뿐이 아니다. 막내오라버니가 말을 타고 도망가자 눈에 불을 켜고 뒤따르면서 이렇게 외친다. "사람 한 끼, 말 한 끼, 두 끼를 놓치네!" 말 그대로 '엽기적인' 장면이다. 「해와 달이 된 오누이」에서 비열한 호랑이는 떡 하나 주면 안 잡아먹겠다는 약속을 헌신짝처럼 내던지고 어머니를 잡아먹는다. 그것도 잔인하게 팔다리를 하나씩 차례로 떼어 먹은 다음, 끝내 몸통까지 먹어 치운다. 이 악독한 짐승은 그것으로도 모자라 어린 오누이마저 잡아먹으려고 어머니 옷을 빼앗아 입고 집으로 간다.

「머리 아홉 달린 괴물」에 나오는 괴물은 말 그대로 불사신이다. 칼로 머리 아홉 개를 다 쳐서 떨어뜨려도 금세 폴짝폴짝 뛰어가 모가지에 붙으니 말이다. 불사신이던 괴물은 몸종이 매운재를 머리 잘린 곳에 뿌리자 드디어 붙지 못하고 죽는다. 비위 약한 사람이라면 두 번 다시 생각하고 싶지 않은 장면일 수 있다. 「형제와 도깨비」에서 나쁜 형은 아우가 저보다 밥을 많이 얻어 왔다는 이유만으로 질투심에 사로잡혀 그 눈을 멀게 한다. 두 눈에 재를 뿌린 건 그나마 점잖은 축에 들고, 어떤 이야기는 두 눈을 찔러 눈알을 뺐다고 태연하게 말한다. 하느님 맙소사!

이러한 장면은 왜 옛이야기에 들어가게 되었을까? 그리고 이러한 이야기는 아이들에게 해로울까? 해롭다면 얼마나 해로우며, 해롭지 않다면 왜 그럴까? 그것을 따져 보기 위해 위 이야기를 다시 살펴보자. 보다시피 이 이야기에는 끔찍한 장면이 많다. 계모는 의붓아들이 스스로 두 눈을 빼게 하고, 그 눈을 나무 상자 안에 넣어 둔다. 그래 놓고도 모자라 의붓아들을 밀어 강물에 빠뜨린다. 맙소사, 아무리 악독한 계모라 해도 어찌 이럴 수 있는가? 하지만 옛이야기 속 인물은 그같은 짓을 예사로 한다. 도대체 왜?

옛이야기를 심리 치료의 재료로 쓰는 심층심리학자들은 이 같은 잔인한 장면이 매우 쓸모 있다고 말한다. 그들은 이것을 '억압된 자아의 극복'이라는 어수선하고 어려운 말로 설명한다. 즉 사람은 누구나 분노와 파괴 본능 같은 나쁜 마음을 마음속에 지니고 있는데 사회화 과정을 거치며 그것을 억압한다는 것이다. 이를테면 허구한 날 자신을 들들 볶는 엄마를 보며 아이는 문득 걷잡을 수 없을 만큼 화가 난다. "엄마가 없어져 버렸으면 좋겠어!" 하지만 그것은 용납될 수 없는 '금지된 느낌'이기에 곧장 억눌러 무의식 속에 감춘다. 그리고 아이는 슬기롭게도 이렇게 자기 마음을 다스린다. "아니야, 엄마는 나를 위해서 그러시는 거야. 나는 그런 엄마를 사랑해야 해." 하지만 어두운 그림자는 완전히 사라진 것이 아니라 그의 의식 밑바닥에 숨어 있다. 그것은 켜켜이 쌓일수록 밖으로 튀어나오려 하며, 그때마다 다시 짓눌려 의식 밑으로 숨긴다. 이 불안한 잠재의식은 옛이야기 속의 금지된 장면을 만나 비로소 정돈되고 치유된다. 즉 의붓아들이 계모에게 끔찍한 짓을 당할 때 공분을 느끼며, 계모에게 모질게 복수하는 것을 보면서 위로 받는다는 것이다.

아이들은 자라면서 작은 일에도 쉽게 갈등과 불안에 빠지고 때때로 난폭한 욕망에 휩싸이는데, 이때 두려움과 혼란을 주는 것들을 아이들에게서 떼어 놓으려는 시도야말로 사태를 더 나쁘게 만든다고 심리학자들은 말한다. "어린이가 사물 심지어 사람까지도 갈기갈기 찢고 싶어 한다는 것을 부정하고 싶은 부모는, 자기 아이들이 가능하면 그런 생각에 동참하는 것을 막아야 한다고 믿는다. 다른 어린이들도 같은 환상을 갖고 있다고 함축적으로 말해 주는 옛이야기에 접근하는 것을 지나치게 거부함으로써, 어린이는 자기가 그런 상상하는 유일한 존재라고 느끼게 된다. 이것은 그 어린이의 환상을 정말로 무시무시하게 만든다. 그와 달리 다른 사람들도 마찬가지로 비슷한 환상을 갖고 있다는 것을 알게 되면 우리가 인류의 일부라고 느끼게 되고, 그런 파괴적인 생각을 가지는 것이 인류 공통의 규범을 넘어서는 생각이라는 두려움을 가라앉힌다." (브루노 베텔하임, 『옛이야기의 매력 1』, 시공주니어, 1998, 199쪽.)

눈을 뺀다느니 강에 빠뜨린다느니 하는 무시무시한 화소가 이야기 속에 아무렇지도 않게 등장하는 까닭도 비슷한 줄기로 설명된다. 이런 이야기를 듣는 것은 끔찍하지만, 그때가 사실은 자신의 마음속 깊은 곳에 감춰 둔 폭력성이 위로 받는 순간이다. 위로 받는다고 해서 감춰진 감정이 힘을 얻는다는 뜻은 아니다. 오히려 얌전하게 길들여져 의식 밑바탕에 숨어든다. 게다가 눈을 빼는 것과 같은 신체 손상은 이야기 속에서 종종 더 큰 보상과 기쁨을 약속 받는다. 이런 틀은 다른 나라 옛이야기라고 해서 다르지 않다. "아름다운 소녀에게서 잔혹하게 빼낸 눈은 해가 지나고 날이 지난 뒤에 다시 끼워지는데, 전보다 일곱 배나 더 예리하게 본다. 다른 이야기의 여주인공은 나쁜 시어머니에 의해 궤짝에 갇히고 연통에 매달려 불에 그을린다. 남편이 싸움터에서 돌아올 때까지 아무 것도 못 먹고 그렇게 매달려 있어야 한다. 하지만 그렇게 그을린 여자는 굶어죽지 않을 뿐더러, 전보다 더 아름다워지고 젊어져서 궤짝에서 걸어 나온다." (막스 뤼티, 『옛날 옛적에 — 민담의 본질에 대하여』, 천둥거인, 2008, 179쪽.) 이 이야기에서도 아들한테서 떨어져 나간 눈은 '눈물에 젖는' 통과의례를 거쳐 더 밝은 눈으로 거듭난다. 「손 잘린 의붓딸」에서 의붓딸의 잘려 나간 손 또한 아이를 구하려고 웅덩이에 뛰어드는 순간 거짓말처럼 되살아난다.

구태여 심층심리학의 복잡한 설명을 빌리지 않아도, 옛이야기에 무시무시한 장면이 필요한 까닭을 대는 일은 그리 어렵지 않다. 우선 이야기를 만든 옛사람들에 대한 믿음을 내세울 수 있다. 과연 옛날 사람들이 뭘 몰라서, 아니면 아이들을 사랑하지 않아서 해로운 장면을 이야기 속에 마구 집어넣었을까? 그건 아닐 게다. 뭔가 필요해서 넣었을 테고, 뭔가 쓸모 있었기에 오랜 전승 과정에서도 사라지지 않고 살아남았을 것이다.

대개 이런 무서운 장면은 옛이야기를 매우 단순하고 뚜렷하게 정형화해 준다. 나쁜 인물의 나쁜 짓을 크게 부풀려 나타내고, 그 인물이 받는 벌도 뚜렷이 드러내 주는 것이다. 만약 이야기 속 악인이 나쁜 짓을 하면서도 물에 물 탄 듯 행동한다면 그 악행은 동정 받을지도 모른다. 또 악인이 나쁜 짓의 대가로 모진 벌을 받는 대신 너그러운 용서를 받는다면, 이야기를 들은 아이는 밤새 불안에 떨지도 모른다. 언제 다시 그 악인이 주인공을 해코지할지 모르니 말이다. 잔인할 만큼 분명한 악행과 벌은 이래서 필요하다. "(민담은 여러 요소를) 강하게 단순화해야 한다. 단순화의 한 수단은 관계들을 극단으로 몰아가는 것이다. 민담이 잔인성을 선호하는 이유는 모든 것을 가능한 한 명료하고 예리하게 형태화하려는 경향에서 나온다."(막스 뤼티, 같은 책, 76쪽.)

사실 내 경험에 비춰 보면, 아이들은 웬만큼 끔찍한 장면도 대수롭지 않게 듣는다. 주인공의 신체 일부가 떨어져 나가는 대목을 들을 때도 그저 애처로운 눈빛을 보일 뿐 그다지 놀라지도 무서워하지도 않는다. 어린아이들일수록 더 그렇다.

어린아이들의 경우, 「해와 달이 된 오누이」에서 팔다리를 모두 호랑이한테 떼어 먹힌 어머니가 고개를 넘어간다는 지극히 상식을 벗어난 대목도 자연스럽게 받아들인다. 아이들은 옛이야기를 결코 '현실적인 감수성'으로 받아들이지 않는다. "옛날 옛적에⋯⋯"는 마술 주문과도 같아서, 그 한마디로 듣는 이의 상상력은 상식과 현실을 완전히 벗어난다. 그래서 옛이야기 속 잔인한 장면이 아이들에게 나쁜 영향을 줄 것이라는 걱정은 어른들의 지레짐작일 뿐이다.

그러나 아무리 간 큰 이야기꾼이라도 끔찍하고 잔인한 장면을 자세히 묘사하려 들지는 않을 것이다. 그런 장면뿐 아니라 어떤 대목에서도 묘사를 삼가는 건 옛이야기 보편의 서술 특성이다. "어머니는 호랑이한테 왼팔을 떼어 먹혔대." 서술은 이것으로 충분하다. 아팠다느니 울었다느니 비명을 질렀다느니 해서는 안 된다. 피를 흘렸다고 해서는 더더욱 안 된다. 어머니는 아무 일 없었다는 듯 다음 고개로 넘어가야만 한다. 이로써 옛이야기 속 무시무시한 장면도 줄거리의 일부로 박제되어 아이들 마음속에 자리 잡게 된다. 옛이야기가 아무리 무섭다 해도 소름 끼치거나 기분 나쁘지 않은 까닭이 여기에 있다. 이것이 요새 만들어진 무서운 이야기, 이를테면 '빨간 마스크' 같은 진짜 엽기 이야기와 다른 점이다.

옛이야기에도 드물게 섬뜩한 대목이 나올 수 있다. 만약 그럴 때는 그 장면이 왜 거기에 있는지를 살펴볼 일이다. 그래서 속 시원한 대답이 나오지 않는다면 불필요한 군더더기로 봐도 좋다. 다만 듣는 이에게 충격을 주려고 끔찍하거나 무서운 대목을 이야기 속에 집어넣었다면, 그런 건 주저 없이 걷어 내는 것이 현명한 선택일 것이다.

번거롭게 이것저것 얘기했지만 정작 내가 말하고 싶은 건 아직 남아 있다. 사실 옛이야기야 잔인해서 해롭다고 생각되면 아이들에게 들려주지 않으면 그만이다. 나는 지금 그런 것이 "생각보다 그리 해롭지 않을 것"이라고 말하고 있지만, 그렇다고 그런 걸 반드시 들려줘야만 한다고 우기는 건 아니다. 여기까지 읽고도 잔인한 장면이 들어 있는 이야기를 들려주는 것이 꺼려진다면 들려주지 마시라. 아니면 그런 장면을 빼고 들려주시든지. 그건 어려운 일이 아니다.

정작 내가 얘기하고 싶은 건 우리 사는 세상의 무서움이다. 지금 이 땅에는 정말이지 끔찍하고 무시무시한 일이 거의 날마다 일어나고 있다. 그것도 태연하게, 양복 입고 점잖 빼는 높은 사람들에 의해서, 아주 당연하다는 듯이 벌어지고 있다. 게다가 그런 참혹하고 무서운 일들이 다만 이야기로 전해지는 것이 아니라 텔레비전 화면에 실려 구

셋째 마당 이야기와 이야기

석구석 자세하게 묘사된다. 그리하여 날마다 우리 아이들의 눈과 귀를 어지럽힌다.

하루아침에 삶의 터전을 빼앗긴 사람들이 경찰과 맞서다가 불에 타죽는 장면, 일자리를 잃고 농성하던 노동자들이 물과 약품마저 빼앗기고 쓰러져 가는 장면, 유모차 밀던 어머니들과 촛불 든 아버지들이 마구잡이로 잡혀가는 장면, 선생님들이 다만 자신의 생각을 널리 알렸다는 죄로 학교에서 쫓겨나는 장면, 전직 대통령이 집단 괴롭힘을 견디다 못해 바위에서 뛰어내려 목숨을 끊는 장면……, 세상에 이보다 더 무섭고 끔찍한 모습이 어디에 있단 말인가? 우리 아이들에게 정말로 해로운 것은 옛이야기 속 무서운 장면이 아니라, 바로 이런 잔혹하고 야만스러운 현실이 아니겠는가?

서정오

1955년 경북 안동에서 태어나 지역에서 교육대학을 졸업한 뒤 오랫동안 초등학교에서 아이들을 가르쳤습니다. 2005년 교직에서 나온 뒤로 글쓰기에 전념하고 있으며, 특히 옛이야기를 되살리고 다시쓰는 일에 힘쓰고 있습니다. 한국작가회의, 한국글쓰기교육연구회, 한국어린이문학협의회 회원이며, 그동안 쓴 책으로 '옛이야기 보따리' 시리즈(모두 10권)와 '철따라 들려주는 옛이야기' 시리즈(모두 4권), 『교과서 옛이야기 살펴보기』『옛이야기 들려주기』『우리가 정말 알아야 할 우리 옛이야기1,2』『우리가 정말 알아야 할 우리 신화』『언청이 순이』『꼭 가요 꼬끼오』『일곱 가지 밤』들이 있습니다.

열린어린이 책 마을 05

옛이야기 세상 이야기

서정오 지음

초판 1쇄 인쇄 | 2010년 6월 10일
초판 1쇄 발행 | 2010년 6월 20일
펴낸이 | 김덕균
책임편집 | 김정미 편집 | 편은정, 서윤정
디자인 | 이은주
관리 | 권문혁, 김미연
출판 등록 | 제10-2296호
주소 | 121-898 서울시 마포구 동교동 198-22 숭남빌딩 2층
전화 | 02)326-1284 전송 | 02)325-9941

ⓒ 서정오, 2010

ISBN 978-89-90396-94-5 03810

값 12,000원